胡凡良 著

带着梦想上路

——十五岁的单车

H.P.H 哈尔滨出版社
HARBIN PUBLISHING HOUSE

图书在版编目（CIP）数据

带着梦想上路：十五岁的单车 / 胡凡良著. —哈尔滨：哈尔滨出版社，2016.6
ISBN 978-7-5484-2708-7

Ⅰ. ①带… Ⅱ. ①胡… Ⅲ. ①散文集—中国—当代
Ⅳ. ①I267

中国版本图书馆CIP数据核字（2016）第 076494 号

书　　名：**带着梦想上路——十五岁的单车**

作　　者：胡凡良　著
责任编辑：张　杰　赵　晶
责任审校：李　战
装帧设计：翌　晨

出版发行：哈尔滨出版社（Harbin Publishing House）
社　　址：哈尔滨市松北区世坤路738号9号楼　**邮编：** 150028
经　　销：全国新华书店
印　　刷：哈尔滨报达人印务有限公司
网　　址：www.hrbcbs.com　www.mifengniao.com
E-mail：hrbcbs@yeah.net
编辑版权热线：（0451）87900271　87900272
销售热线：（0451）87900202　87900203
邮购热线：4006900345（0451）87900345　87900256

开　　本：710mm × 1000mm　1/16　**印张：** 16.5　**字数：** 180千字
版　　次：2016 年 6 月第 1 版
印　　次：2016 年 6 月第 1 次印刷
书　　号：ISBN 978-7-5484-2708-7
定　　价：32.00元

目录

第 1 章

带着理想上路

其实，人也应向树木学习，不要在失败的时候气馁，应该在跌倒的地方积聚更多的力量，然后以更有力的姿态，向更高层迈进……

第2章
十五岁的单车

经过岁月的淘洗，总有一些东西会留下来，然而也总会有一些记忆随着时光的流逝渐行渐远渐无声息。

第3章
亲情也需要回报

许多年过去了，无论生活多么坎坷，我都不曾向命运屈服过一次。因为我知道，在这个世界上自己都不尊重自己，别人对你只会更不屑，只有树立起尊严的人，才能无畏地昂首迈步。

第4章
化一捧雪温暖你

生命中，总有一些人像风吹过一般与我们擦肩而过，不留下任何痕迹；而又总有那么一些人，虽然彼此间不曾相识相知，却能穿越历史的尘埃，跨越万水千山，给我们带来不期而遇的温暖。

第1章

带着理想上路

其实，人也应向树木学习，不要在失败的时候气馁，应该在跌倒的地方积聚更多的力量，然后以更有力的姿态，向更高层迈进……

一棵树的哲学

那年的高考我考得一塌糊涂，在家昏睡了两天后，我跟着村里那帮坏小子鬼混。

我们常常在下午跑到村前的马路上，对路过的女孩儿子吹口哨，叫小妞。如果她们胆敢回骂一句，我们就会朝她们扔烂泥巴……起初看到女孩儿子满脸泪痕，恐惧地逃跑时，我还会感到难受，但后来，我成了号叫得最厉害的一个，看着她们狼狈而逃，我就像得胜将军一样扬扬自得，大笑不止。

有一次闹大了，有女孩儿子领了男青年来报复，好一场混战！我们被“请”进了派出所，此时我们才意识到问题的严重性。我等父亲领我回去，可是他一直没有出现。15天后，我终于被释放，忐忑不安地回到家，等待着一顿暴打。

母亲眼泪汪汪，父亲却若无其事，平静地对我说：“别在外面胡混了，给我帮把手吧！”父亲是闻名十里八乡的木匠，附近凡有婚嫁的人都找他，一年到头父亲很少在家。

我对父亲的宽容好生感激，跟着他开始走村串巷当小木匠，但心里一直空落落的。

有一天，父亲拿给我一根弯弯曲曲的槐树木说：“你把它刨平。”我不明白刨这根早该当柴烧的木头做什么，但还是费了九牛二虎之力将它刨平了。当我把木头交给父亲的时候，他问我："你刨的时候发现它哪个部位最硬？"

"结疤的地方最硬！"我不假思索地说。

"那你知道树结疤的地方为什么最硬吗？"

我答不出。父亲语重心长地说："树结疤的地方是它曾受伤的地方！每次受伤后，受伤的部位就会聚集更多的养分，长得更粗壮、坚硬！你看周围的树，都是这样！"父亲手指着旁边的一棵棵石榴树。果然，结疤的地方明显比别处粗大不少。

"其实，人也应向树木学习，不要在失败的时候气馁，应该在跌倒的地方积聚更多的力量，然后以更有力的姿态，向更高层迈进……"

那一年我听从父亲的话，回去复读，顺利地考上了大学。

以后无论面临怎样的困境，我都会像一棵树一样，在每一次"受伤"后，以更加顽强的姿态面对新的生活。

带着理想上路

我正在备课，办公室里进来一位青年男子。

“胡老师在吗？”他问。我抬起头说：“我就是。”他就一把抓住我的手说：“总算找到你了，胡老师。”

我不知道怎样称呼他，只是点头寒暄着。他说：“老师，你不认识我了吗？我是你的学生周炳奎啊！”

教了二十多年的书，自己送走的学生数以千计。在给他让座倒水的空隙，我转动了所有脑细胞也没想出他，只好尴尬地说：“年纪大了，脑子不好使了……”他脸上露出失望的神色，说：“老师再想想，使劲儿往前想，二十多年前，洋槐树？”

在他说到洋槐树时，我的脑海里立即出现了那个叫周炳奎的黑瘦的男孩儿儿。那是23年前，师范毕业的我被分配到一所乡村小学实习，那个学校就是洋槐树。

记住周炳奎是在一堂作文课上。那时他正上四年级，四年级了才刚刚开始学写作文。我曾看过他们写的作文，汉字被歪歪扭扭地写在各式各样的本子上。作文都很短，一百字左右，很少有超过二百字的。我读了几篇，发现简直是流水账，但就是这样的作文还错误百出。我觉得不可思议，问这所小学的唯一一位老师——李老师学生作文怎么这么差。李老师一脸无奈地说：“什么课外书都没有怎么提高写作水平？能在这里学习的就是好样的了，还有许多在家里连自己的名字都不会写的呢……”

那时我就在本地的报纸上发表了些小文章，自我感觉水平还可以，就打算给这些孩子好好讲讲。我讲的第一堂课就是作文课，口头作文，题目是我的理想。

每个学生都天真而满怀信心地说了他们的理想：有的想当科学家，有的想当医生，更多的学生想当老师。当轮到最后一位学生时，他说他的理想是在家养猪，想吃的时候就杀一头……他的话还没说完就引起哄堂大笑。我看见他的脸涨得通红，我厉声制止了大家的哄笑。有些好奇地问：“你的理想为什么是养猪啊？”

他的话出乎我的意料，震动了所有人，我这辈子都不会忘记。

他说：“俺娘死的时候，爹问她想吃点儿什么，俺娘说什么也不想吃。爹说：‘你和我过了一辈子也没享着福，你就吃点儿东西放心去吧。’娘看了我和妹妹，说：‘俺就想吃点儿肉。’爹卖了一袋子地瓜干，买了一大块肉，煮了给娘吃。娘又不吃了，说：‘吃了也没用了，浪费了。孩子正长身体，都瘦得厉害，就给两个孩子吃了吧。’我们不吃，娘就说：‘好孩子，听娘最后一回话，吃。’我和妹妹就吃，可还没吃完娘就断气了，娘死时脸上都是眼泪，娘死时还舍不得吃……”

话没说完他就泣不成声，所有孩子包括起哄的那几个孩子脸上都是泪水，几个女生早已趴在桌子上抬不起头。

我擦了擦眼泪，站在讲台上大声说：“同学们，都把你们的头抬起来，我们不哭！”所有孩子的眼睛都盯着我，我继续说：“苦难算什么？所有苦难都是暂时的。为了改变现状，大家就要好好学习。大家都说了自己的理想，很好！尤其是这位同学（我指着周炳奎）说得最好，最感人。我说的话大家现在可能不懂，我只希望大家记住一句话：带着理想上路。只要大家努力了，理想就一定会变成现实……”

我在那儿讲了一个月的课后就被调到外县的一所中学教课去了，以后再也没去过洋槐树。二十多年过去了，这件事若不是被重提也许会随着时间的流逝而被我忘却……

望着眼前西装革履的周炳奎，我怎么也不能把他同当年的那个黑瘦的男孩儿儿联系在一起。他告诉我他高中毕业后在家养猪，一点点地攒了些钱，后来又办了个屠宰场，生意越做越大，他现在又花上千万投资了一家肉联厂。他说今天他是特意来看我的。谢谢我当年讲那堂课，那句“带着理想上路”他将终生铭记……

配角

那一年，我所在的幼儿园要排演《聪明的一休》，并要到区里参加六一活动的演出。因为平时的表现很好，幼儿园老师让我演那个手指头在脑袋上一滑就想出主意的一休。

一排小朋友牵着手喊“一休哥”的时候，我在队伍的另一边答应。

我对自己的角色很看中，对自己的要求特别严格，演得自然也比较好，而那些配角却总不尽人意，一个简单的转身动作重复许多遍也做不好。我只好配合他们一遍遍地演，最后很自然地，我像现在的许多明星一样耍起了大牌儿。“不演了！”我手一甩便回了家。

幼儿园的老师让人叫我，我就是不去。我想，只有老师邀请我我才去，那样才能显示出我的重要性。老师并没有叫我，只是给我捎来一句话：“想再演就来，不演就在家待着！”

我在家等了一天，见没人再叫我，只好悻悻地回到幼儿园，到了之后我才发现，已有人演一休了——我这个主角早就被人替下了，而我还待在家里等待老师的邀请！

我不知道怎么办好，失落地站在那里看着别人演，我无地自容。

老师好像对我熟视无睹似的，等我看完了整个节目才对我说：“来了？你演小朋友（配角）吧。我一听傻了眼，如果我说不演，后面会有一群人争着演这个配角。

我别无选择，只能无奈地接受了这个不起眼的小角色。

时间一晃便过了20多年，当初不甘当配角的孩童现在也成了50名孩子的老师。随着时光的流逝，对那位女老师莫名的恨早已荡然无存，而那次教训却深深地教育了我，她让我知道机遇总是稍纵即逝，如果把握不住机遇，我们甚至连人生的配角都当不上。

生命的十字路口

刚出生时，我身体抵抗力差，老是得病。最严重的一次是我口吐白沫、翻白眼，昏迷不醒。父亲借了辆自行车，带着母亲和我骑车五十里，到城里的医院给我看病。医生扒开了我的眼皮，然后摆摆手，示意父母还是回去吧。我不知道他们当时看到医生的手势是否被吓倒，我也不知道父亲是否还有力气驮着母亲回去。我只听母亲后来跟我说，半路上，父亲伤心地说："还是扔了吧。"母亲犹豫着，但最终还是把仍昏迷的我紧紧地揽在怀里……

十二岁那年的夏天，在村子里的水库边，一群野小子打赌看谁能先游到水库的对面摘一片树叶再回来。我就是其中一个。村子里的水库约有四十米宽，有多深谁也不知道。在爱表现、逞能的年龄，谁会考虑到自己到底有多大的本事？我咬牙游到对岸，摘得一片象征胜利的树叶。心里想着的只有快速地游回去，哪管是否还有体力游到对岸？游到一半的时候竟然真的没力气了，心里顿时就慌了！求生的本能告诉我，不能放弃，放弃了就意味着这个世界将和我没有关系了。我奋力游了十余米，一点儿力气都没有了，我想放弃了。脚尖立起来慢慢往下沉，水到了嘴边我不再下沉了——脚尖已经触到了水库底。眼泪唰的一下流下来，为了这意外的绝处逢生。

十六岁那年，我初中毕业。母亲问："这学咱还继续上吗？"我知道她这句话背后的意思："村子里和你一般大的孩子早都辍学打工了，你还上吗？"那时，母亲和父亲天不亮就匆匆起床，饭不吃就开着拖拉机到山上拉石头。巨大的石头在父亲的铁锤下碎裂，石屑四溅。母亲就负责把父亲敲碎的石头装到车上。装满一车需要十吨石头，天刚亮，父亲就拉着满满一车石头和母亲从陡峭的山上小心地驶下来……当母亲这样问我时，我沉默了，不说上也不说不上。父亲把手里卷的旱烟在地上狠狠地拧成一堆，斩钉截铁地说："你想上，我就供。只是别让老子失望！"

十八岁，我参加高考。考了一个让我都无地自容的分数。我想，父母花了三年的钱需要我给他们一个交代。忘记了是怎么回家的，也记不得如何把那点儿可怜的分数说给他们听。昏睡了一天，泪打湿了枕巾。为什么付出得不到回报？为什么一纸成绩就决定了终生？或许一切皆是命中注定的吧，任凭我再怎么努力也是徒劳……我想通了，人是逃不出劫数的，我还要走三年前就要走的外出打工的路。不同的是三年前心有不甘，此时则万念俱灰。

"三年都过去了，再来三年又何妨？"是父亲又在给我打气，"再好的学校也有差学生，再差的学校也有好学生……"

"可是我已经让您失望了，我不想再让您失望……"

"你连接着上的勇气都没有了，这才是最让我失望的！"

二十三岁，我即将从一所普通的专科学校毕业。许多同学都在为找工作苦恼，而我却不着急，因为早已有许多单位向我伸出了橄榄枝。我陪同学到一家待遇极高的单位应聘，顺便也递过去一份自己的简历，本来是无意的掺和，一周后却接到他们人力资源部部长的电话，谈了半个多小时后，对方竟然说：“我们要定你了，一周之内来报到吧。”

惊喜中也带着犹豫。这是本市效益最好的一家单位，待遇极高。相应地，选择员工的标准也很高，对本科生都是挑挑拣拣的，而我这个普通院校的专科生，竟然无意中叩开了它的大门！

但当老师才是我的梦想啊！

我花了三天的时间思考是到这家单位报到，还是等待两个月后未知的教师招聘考试。到这家单位报到，就意味着我当教师的梦想就此破灭；等两个月参加教师招聘考试，那么就错失了这份无数人羡慕的好工作。更重要的是，谁也不敢保证，老师就一定能当成。

最终，我决定为了自己的理想而努力奋斗！现在，我是家乡60个孩子的语文老师。他们就像当年的我，单纯、顽皮、迷茫，渴望探知新事物，希望走出大山，过上祖祖辈辈都不曾体验过的新生活……

生命之旅是条有来无回的单航线，或许生命的轨迹是迂回的，但它总是向前的，从来不会为谁停止或减慢脚步。人的一生又是不断择取和舍弃的过程，每一个十字路口、每一次抉择都会影响生命的轨迹。只是，当你抉择、舍弃的时候，别忘了自己最终的理想。

栀子花香

窗前的栀子花开得正盛，每朵都高高地挂在枝头，给人一种凌人的傲气。每个朝阳初露的清晨或者夕阳西下的黄昏，我都会把窗户打开。顿时，一股浓郁的花香迎面扑来。花的香气让我陶醉：微微闭上双眼，呼吸着有些凉爽而又芳香的空气，将世俗的一切暂且抛在脑后。

我从不贪婪地大口呼吸，觉得那样有点儿暴殄天物，就像面对一杯香茗，我们不应一饮而尽，而应用心慢慢品尝它暗含的芳醇，那种淡淡的苦味里的香。

妻说："你看满枝头的花，剪几朵插在客厅的花瓶里吧。"

我知道妻的意思，她想让栀子花的香气充满整个房间。我轻声阻止了她，并给她讲了一个故事。

有一个男孩儿子，在他上初三的那年，母亲便不想让他上学了。原因很简单，家里太穷，实在拿不出他们兄弟两个一起上学的钱，而且村里和他一般大的早都退学打工了。那位母亲听说村里有人要到北京去打工，就去求人家带自己的大儿子去。那人同意了，于是她对儿子说："别上学了，你也跟着去！"

男孩儿子不想去打工，但他知道，他继续上学对他早已挣扎在贫困线的父母意味着什么。

男孩儿子已经几天没有去上学了，他正面临着一个艰难的抉择。最终，他选择了第三种情况——逃避。他想时间终将给他个答案。

他等来了他的老师。老师见他几天没来上课就骑车到他家来了。

男孩儿子的母亲向老师说了家里的情况。老师突然问他：“你还想上学吗？”

男孩儿子没敢看母亲的眼睛，支吾了半天说出了一个字：“想！”

老师对母亲说：“想上就让他上吧，考上考不上是一回事，但如果连上的机会都没有，他可能会遗憾一辈子。再说了，他的成绩很好，不上可惜了。”

那位母亲听了老师的话，让儿子继续读书。

男孩儿子没有辜负老师的期望，也没有让父母失望，他现在是一名优秀的人民教师。

故事并不生动，妻却全神贯注地听完。她笑着说“那个男孩儿子就是你吧？”

我笑而不答。

“一个人的终极目标是成为对社会有用的人，一朵花的最高境界是孕育成种子。它最终可能成不了种子，但是我们不能剥夺了它成为种子的权利，在心底埋下一颗希望的种子，给它一次机会，也许会收获更多的种子……”

妻没有把栀子花剪下插在卧室的花瓶里，但我在家里、学校、大街上，在我所到的每个地方都能闻到栀子花香，因为，在我的心底有一朵栀子花开得正盛……

飞翔的鱼

鸟类拥有一双搏击长空的翅膀，所以能够自由地在天空翱翔。可是你听说过会飞翔的鱼吗？它不是电影里具有特异功能的鱼，也不是童话世界里会飞翔的鱼，它就是生长在我国的南海、黄海和东海等海域的燕鳐。

燕鳐体长 20 厘米左右，体态娇小。但是它们拥有特别发达的胸鳍，就像鸟的翅膀；与之匹配的是它们像机翼似的较大的腹鳍，能够协助鱼的滑翔。就是这仅仅 20 厘米左右的小鱼，却有着超乎人类想象的飞翔能力。据鱼类学家观察发现，燕鳐最高可以飞到 11 米。水平距离更是让人吃惊——最远可达 100 米！

小小的燕鳐到底有什么特异功能能够飞得如此之高之远呢？鱼类学家对此很感兴趣。经过长期的观察，他们发现燕鳐的飞翔能力一方面源于它们流线型的体形和鸟翼状的胸鳍，而且肩带和胸鳍肌肉特别发达，这是它们飞翔的基本条件；另一方面，燕鳐常栖息在水的上层，游泳速度快，便于飞跃。

燕鳐在接近水面时，尾鳍迅速地摆动，从而使身体产生强大的冲力，然后突然跃出水面，胸鳍同时张开，在空中做滑翔飞行。

那么，燕鳐为什么要在高空飞行呢？是游戏还是有其他目的？鱼类学家又经过长期的观察，最终揭示出了燕鳐飞翔的秘密：燕鳐只有在受到凶猛的鱼类、海豚的追逐或靠近船只受惊的时候才能飞翔。

如果它们的生命不受到侵害、威胁，燕鳐很少会在天空飞翔。如果你正遭遇坎坷，或者不幸，请想一想燕鳐吧，或许那是命运在给你机会创造奇迹。

珍珠的故事

荒岛上有许多珍珠，洁白似雪，圆润而有光泽。在这些白色的珍珠中间夹杂着一粒黑色的小圆球。

白珍珠们对小黑球并不是很友善，它们经常讽刺、挖苦它。

一颗白珍珠说："你看它多黑啊。好丑！"

另一颗白珍珠说："和这个黑家伙生活在一起真倒霉。心情总是好不起来。"

甚至连最小的一颗珍珠都说："它那么黑，更加显得我们高贵、洁白啊。"

……

这样的话每天都充斥在小黑球的耳朵里，为此它伤心透顶。它只能一个人默默地流泪，埋怨上帝不公平，给别的珍珠圆润、洁白的外表，而让自己乌黑一团。它渴望自己也能像那些珍珠一样，拥有美丽的外表。

但是现实并没有因为它的心意而改变。它依然那么黑，依然要受那些白珍珠的讥讽，依然沮丧得抬不起头。

许多年过去了，一群探险的人来到荒岛。他们意外地发现了这些珍珠。当他们兴奋地翻检这些价值连城的珍珠，发现了那粒黑色的小圆球时，所有人的眼睛都睁大了，异口同声地说："黑珍珠！"

直到这时，那粒曾经一度被嘲笑、挖苦的黑色的小圆球才知道，自己是比那些白珍珠价值更高的黑珍珠。

当周围的人贬低、挖苦，甚至打击你的时候，不要自卑，不要抱怨。想开一点，说不定你就是那颗仍没被发现的黑珍珠。

九枚铜钱

宋朝时，某段时期，战争频繁，民不聊生。有一个叫李卫的大将军临危受命，带领军队奔赴疆场，杀敌报国。但终因势单力薄，寡不敌众，被围困在一座小山上。眼见缺水少粮，援兵又迟迟不来救，士兵缴械投降的心都有了。这样下去，迟早会被敌军歼灭。

这时大将军李卫站出来，大声对士兵说：“我们的实力不如敌人，可我一直信奉天意，老天让我们赢，我们就一定能赢。我们要向苍天祈求保佑我们突破包围。现在我这里有九枚铜钱，我把这九枚铜钱抛到地上，如果都是正面朝上，一定是上苍保佑我们，如果不全是朝上的话，那是上苍劝我们不要再突围了，出去投降就是了。”

所有兵将都闭了眼睛，跪在地上，祈求上苍保佑，只见李卫摇摇晃晃，口中嘀咕着什么，然后把钱一把抛向了天空。谁都不敢看落地的铜钱，九枚铜钱同时正面朝上的概率有多少呢？突然听见有人喊：“快看，都是正面！”将士睁眼一看，铜钱果然都是正面朝上，士兵们顿时情绪高涨起来，欢呼着：“我们有救了，苍天来救我们了！”

李卫拾起铜钱说：“既然上苍保佑我们，那我们还等什么？我们一定会冲出去的！各位，鼓足勇气，冲啊！”

就这样，李卫带领着一小股人马竟然战胜了强大的敌人，突出重围。在后来的庆功大会上，将士谈起这事时说：“多亏了上苍保佑我们，否则只有死路一条了。”

李卫没有说什么，他从口袋里掏出那九枚铜钱，大家立马冒出了冷汗，那九枚铜钱的两面竟然都是正面！

原来，李卫见将士都心情低落，为了提高战胜敌人的信心，鼓舞大家的斗志，特意制造了这九枚两面都是正面的铜钱。

三种鱼的启示

新东方创始人俞敏洪在他的《永不言败》一书中讲过这样一个故事：

长江三角洲盛产三种鱼，它们是鲥鱼、刀鱼和河豚。这三种鱼都以味美著称。三种鱼形态各异，味道和吃法也各有特点。鲥鱼的外形似鲤鱼，但稍扁。做鲥鱼时内行人都不把鱼鳞刮掉，因为鲥鱼的美味全靠鱼鳞传递。刀鱼的外形似柳叶刀，身狭而长。其肉细腻滑润，但刀鱼体内有千万根刺，食用时务必小心，否则有卡喉的危险。河豚滚圆无鳞，体长带刺的皮，味美至极，但含有剧毒，食用不当会丢掉性命。

渔民捕捞这三种鱼时用的是一张像排球网的鱼网。网拦到江里让鱼钻到网眼中去。鲥鱼头小身子大，头过了网眼，身子却过不去了。假如这时鲥鱼后退，就可以逃脱，但鲥鱼爱惜鱼鳞，为保鱼鳞死不退后，最终被渔民捕获。刀鱼见鲥鱼被捕，想：鲥鱼真笨，后退几步不就可以免死了吗？当刀鱼穿网眼时，它吸取了鲥鱼被捉的教训，身体迅速后退，结果身体两边的鱼鳍卡在了网眼上。但它被卡后仍拼命后退，结果可想而知，它也被装进渔民的鱼篓。刀鱼至死都不会想到，其实，它停止后退，向前一使劲儿就可以轻易穿过鱼网逃生。河豚见到鲥鱼和刀鱼被捕的过程后想：它们真傻，碰到鱼网不退亦不进不就可以了吗？于是，当河豚碰到鱼网时它既不退也不进，而是拼命地给自己打气，让空气把自己胀得鼓起来，企图浮出水面逃生，结果可想而知，渔民轻而易举地就把河豚逮住了……

鲥鱼碰到鱼网后，假如能不顾惜那几片鱼鳞，就可以全身而退。有时后退也是通向成功的一条道路。鲜花凋谢了，才能酝育种子，来年长出更艳丽的花朵；水流向下，才能汇入大海，永不干涸。

刀鱼能清楚地看到鲥鱼的错误，却没考虑到它的身体和鲥鱼的不同。河豚综合考虑了鲥鱼和刀鱼犯错的原因，却不知道它在别人身上总结的经验有时并一定适合自己。

许多时候，我们就像这三种鱼。能清楚地发现别人的错误，却找不出自身的缺点；努力分析成功人士的案例，强迫自己向他们看齐，却不曾想到底适合不适合自己；强迫孩子学习各种东西，却不想想他们愿意不愿意。

黑暗中寻找光明

美国康奈尔大学威克教授曾做过这样一个试验：

在一个暗室里，把一只蜜蜂放进广口瓶中，然后朝瓶底射出一束光。蜜蜂试图逃走，就朝着有光的方向飞，但它撞到了瓶底，落在了瓶底上。

蜜蜂并没有气馁，它一次又一次地朝着有光的方向飞。直到最后，它撞到瓶底落下去没能再振翅——它把自己撞死了。

威克教授又把一只苍蝇放进广口瓶，然后也朝着瓶底射出一束光。苍蝇起初也是朝着光亮的瓶底飞去。几次失败后，苍蝇就尝试着朝别的方向飞。

最后苍蝇背对光束从瓶里飞了出来。

许多时候，我们就像那只渴望逃生的蜜蜂，一味地向着“光亮”处飞，错误地以为只有“光亮”处才是通往成功的康庄大道，却不知道像苍蝇那样从失败中转变思维，从“黑暗”中寻找“光明”的出口。

你是不是也会偷懒

他只是个小牧童。他每天的任务就是把羊群赶到牧场，并防止羊群穿过铁丝网到牧场的另一边——一块菜园地里搞破坏。

有一天，他在放牧时，实在无聊，他就躺在草地上晒太阳。温暖的阳光照在身上舒服极了，不知不觉地他竟然睡着了……

他是被一阵呵斥声惊醒的，老板瞪着一双愤怒的眼睛骂道："你这没用的家伙！羊把菜园搞得一塌糊涂，你竟然还在这里睡大觉……"

他早已吓得睡意全无，一声不吭地站在那里，任老板训斥。

这件事在他的脑子里留下了深刻的印象。他想：有什么办法可以让他不用每时每刻都提防，而羊也不会穿过铁丝网去破坏菜园呢？他注意到，那个有玫瑰花的地方并没有牢固的铁丝网，但是羊群从来都不从那里过去。

羊为什么不从玫瑰丛过去呢？他很好奇，伸手摘了朵玫瑰想看个究竟。他的手刚接触到玫瑰的茎，就被狠狠刺了一下——是茎上面的刺把他的手刺破的。看着被刺出了血珠的手，他没有恼怒也没有哭泣，却兴奋地跳了起来。他想：假如铁丝网上也"长出"一些刺，不就可以挡住羊群了吗？

说干就干！他把铁丝剪成了5厘米左右的小段，然后把这些一小段一小段的铁丝扭在了铁丝网上。这样，铁丝网上就“长出”了许多小刺。当他再去放羊时，他发现羊群起初还试图穿过铁丝网到菜园里吃菜，但是被铁丝刺伤过几次后，再也没有哪只愚蠢的羊敢穿过带刺的铁丝网，到另一边的菜园里去了。

这个叫杰福斯的小牧童终于成功了，他不必再为羊群跑到菜园糟蹋蔬菜而苦恼。小杰福斯并不满足于整天放羊的生活，不久他为自己的这项发明申请了专利，这项发明被迅速推广，并在全世界风行。

有谁会想到，随处可见的带刺铁丝网是一个想偷懒的小牧童发明的呢？几年前，当我读到杰福斯的故事时，我曾仔细地观察那种带刺的铁丝网，我看完后的第一个感觉可以用两个字来概括：惋惜。惋惜自己为什么不早生几十年，为了偷懒发明这种带刺的铁丝网。因为，他只是把短的铁丝扭在了一起，实在没有什么技术含量。

只是，当我们偷懒的时候，有没有想到寻找另外一种方式替代？唯有如此，你才可以算得上是真正会偷懒。

这一切都无关紧要

如果你是个孩子，还经常遭受周围人的嘲讽和奚落，我要告诉你，这无关紧要。因为爱因斯坦小的时候也常受到如此对待，但他最终成为有史以来最伟大的科学家之一。

如果你是个在校的学生，此刻正为你糟糕的学业而忧心忡忡，我要告诉你，这无关紧要。因为美国前总统小布什在学校的表现也极其糟糕，而且在学校的表现决定不了以后的人生，但是前提是你肯奋斗！

如果你是个满怀理想的人，得不到丁点儿的鼓舞，反而受到排挤和打击，我要告诉你，这无关紧要。因为画家凡·高也曾饱尝人间辛酸，扶着理想的灵柩前行，并最终成为著名的画家。

如果你是个身体有缺陷的人，甚至连自己的衣食住行都难以自理，我要告诉你，这无关紧要。因为美国女作家海伦·凯勒就是一个失明且失聪的人，但她克服重重困难，给世界带来更多的希望和光明。

如果你是贫穷人家的孩子，经常为卑微的出身而深感忧虑，我要告诉你，这无关紧要。因为这根本不妨碍你成功，而且也没有谁规定穷人没有成功的权利和机会。与之相反，困难的经历更能磨炼人的意志，数不尽的成功人士都是从贫穷中走出来的，他们有法拉第、爱迪生、华罗庚、陈安之……

这一切都无关紧要，因为它们只是通往成功的必经之路。有时我们会被绊倒，有时会连跌跟头，甚至摔得头破血流，但我们应该吸取教训，重整行囊，把接下来的每一步走得更加小心谨慎。这样经过千难万险，重重阻挠，目标会实现，成功会出现在我们的眼前，一切柳暗花明！

这一切都无关紧要，但前提是你怎么看待它。

不死的理想

“他是一个贫穷潦倒的年轻人，贫穷到连一件像样的西服都买不起，但是就是这样一个贫穷潦倒的青年，却从未放弃拍电影当演员的梦想。

“周围的人讥笑他说：‘就你也想当明星？’他不在乎别人怎么看他，因为他想拍电影当演员的愿望是那么强烈，强烈到别人怎么说他，他都无所谓。

“他把当时好莱坞500家电影公司统计了一遍，排好了顺序，带着自己写的适合自己表演的剧本去求职。一遍下来，500家电影公司，没有一家愿意聘用他。有人说：‘所有电影公司你都去了，没有谁愿意要你，你就死心吧。’

“他想拍电影当演员的愿望是那么强烈，以至于别人的讥讽、打击对他不起作用。所以在被第500家电影公司拒绝后，他又开始了第二轮的自我推荐。

“这一轮，他又被电影公司拒绝了，500家，全部拒绝，全部否定。但他仍不死心，开始了第三轮的拜访，结果和前两次一样，500家电影公司第三次全部拒绝了他……”

我在办公室读到这里时，上课铃响了。我合上书，抱了课本去上课。

我根本集中不了心思去上课，脑中想的都是这个年轻人。

他那么执着，最后他怎么样了呢？这个问题在我的脑子里不断闪现。执着的精神固然可贵，但是，追求某种事物首先得看现实与否，方向对错。错误的追求就像钻牛角尖，方向不对、背道而驰，人愈行愈远，目标也就难以达成。

忽然想知道学生怎么看待这件事，我把上面的故事讲给学生，并问："这个小伙子该开始新一轮的拜访还是从此退却？他最终有个什么样的结果？假如你就是这个小伙子，你会怎么做？"

学生的回答五花八门。有的说："这小伙子值得尊敬，虽然求职不成功，但是他那种锲而不舍的精神值得我们学习。"有的说："他好傻。条条大路通罗马，干吗非得在一棵树上吊死？多试几棵树不行吗？"有的说："他还会开始第四轮的拜访，因为他的愿望是那么强烈。"有的说："三次都失败了，对他的打击一定非常大，他会一蹶不振……"

学生都焦急地等我公布最终的结果，似乎这个倔小伙儿的命运就掌握在我的手里。我说："想知道他最终怎么样了吗？"

"想！"学生们异口同声。

"现在我也不知道答案，"我听见学生们"啊"了一声，显然很失望，"不过，答案在我看的一本书上，书就在我的办公室里。"话一说完，班长王薇就跑去拿了，不到一分钟就气喘吁吁地拿来了。

"这位年轻人并没有消沉，他又开始了第四轮的拜访，"我看着书对大家说，"在他拜访完第349家后，他还是被拒绝了。当他到第350家电影公司，也就是他的第1850次拜访的时候，老板破天荒地让他留下他写的剧本。

“几天后，电影公司让年轻人去面谈。在这次会谈中，电影公司决定投资拍这部电影，并让他担任他自己写的剧本的男主角。

“这部后来风靡全球的电影就是《洛奇》，而刚才大家议论的那个小伙子就是响誉世界的好莱坞巨星史泰龙。”

教室里静悄悄的，没有一丝声响。我知道，这些孩子在回味史泰龙精彩、激烈的打斗场面的同时，一定在思考，假如自己就是当年的史泰龙，他们能忍受多少次失败？即使经历了1849次失败，会不会也像他那样，鼓起勇气第四次敲响第350家电影公司的大门……

我想，他们会的！

信念的力量

他出生在纽约——不是富人区，而是一个叫大沙头的声名狼藉的贫民窟。大沙头并不是一个理想的居住地，这里到处都是肮脏的垃圾，还时不时发生暴力冲突。在大沙头长大的孩子，耳濡目染，有些人从小就逃学、偷盗、打架，甚至吸毒。这就注定了他们长大后很少有人能有份体面的工作。多少代了，大沙头的居民依然生活在纽约不为人关注的角落里。这里的孩子走着他们父辈走过的路。

1961 年，皮尔·保罗被聘为诺必塔小学的校长。保罗对这里的现状非常失望。这里的孩子旷课、打架，甚至砸学校的黑板和玻璃，就是不好好听老师讲课。保罗大伤脑筋，他想改变这些孩子的命运，为此他想了许多办法来引导这些孩子，但这些办法对于这些孩子并不奏效。他们依然旷课、打架、斗殴、偷盗，甚至吸毒……

保罗后来在无意中发现，这里的孩子都非常迷信。于是，再上课的时候，他就给学生看手相。

保罗想通过这种方式激励学生。

他是从窗台上跳下来走到讲台让保罗看手相的。保罗看了看他的手，说："我一看到你修长的手指就知道，你将来准是纽约州的州长！"

“什么？！”他站在那里不敢相信自己的耳朵。一个贫民窟的孩子怎么可能和纽约州的州长联系在一起呢？更重要的是，那个孩子不是别人，而是他！长这么大，他只记得奶奶说过，将来长大了，他可以成为5吨重的小船的船长。而这次，皮尔·保罗，他的校长竟然说他会成为纽约州的州长。

从那时起，他就真的像“纽约州州长”一样要求自己：他的衣服不再肮脏不堪，他不再说脏话，刻苦学习，听从老师的教诲，走起路来把腰板挺得笔直……他坚持按州长的标准要求自己，这一坚持就是40多年。就在他51岁那年，他终于如愿成为纽约州州长。这个人就是罗杰·罗尔斯，美国纽约州历史上第一位黑人州长。

在就职的记者招待会上，有记者问罗尔斯：“是谁把你推向州长宝座的？”罗尔斯对他艰苦奋斗的历程只字未提，他只谈到了他的小学校长——皮尔·保罗。罗尔斯说：“信念值多少钱？信念是不值钱的，它有时甚至是一个善意的欺骗，然而你一旦坚持下去，它就会迅速升值。”

皮尔·保罗为许多大沙头的孩子看过手相，并且也都曾以“欺骗”的方式激励他们成材。但为什么只有罗杰·罗尔斯能走出贫民窟，并且成为纽约州州长呢？正如他在就职演讲时说的，他想成为纽约州州长，时刻以州长的标准要求自己，并把这个理想坚持了40年……

传递感恩

大学毕业那年全家都为我的就业问题苦恼。在毕业即失业的年代，本科生都一抓一大把，更何况是我这个电大毕业的专科生？参加人才招聘会，见到摩肩接踵的人群和一张张面无表情的脸，问了一家又一家单位，人家一听我是专科生，头一摇："不要不要。"在一家招聘文员的公司面前，我问招聘的人员："请问你们招聘的文员需要什么条件？"

那个头发梳得溜光的人看了我足足有十秒钟，说出了一句话："不用问，你不合适！"

真叫人气愤！怎么不了解情况就拒人于千里之外呢？也太伤自尊了吧！脑中忽然记起在一本求职指南上看到的一则案例，莫不是他们在以此考验人吧？

"为什么？"我盯着那人问。

"我们只要女性！"那个人愣了好大一会儿才反应过来。看那眼神就知道是在撒谎了，我气愤不已，只好悻悻而去。

招聘会参加了多次，简历投了一份又一份，可是没有什么实质收获：没有一家单位愿意与我签约，甚至连面试的机会都没几个。唯一收获的就是失败、沮丧，还有无奈。这就是所谓的天之骄子吗？连一份糊口的工作都找不到。宿舍里几个有背景的兄弟都落实了工作，而我呢？我只是穿梭在一个又一个的招聘会。我身心疲惫、前途渺茫。怨天怨地是没用的，怨父母也不应该，他们能供我上完大学就已经不错了。

老季告诉我他老家有一个医药集团，他问我要不要试试。这是家资产逾百亿的大集团，因为实力雄厚，待遇优越，招聘员工的条件就特别苛刻。我就想我一个专科生，人家能要吗？碰碰运气吧。

当我和老季敲开人力资源部的门，向张部长说明我们的来意后，张部长的脸上有丝不易察觉的意外，但那种感觉随即消失了。他向我们问了一些最基本的问题后，让我们递上简历。我顺手把大学期间发表的那一大摞文章递了上去。张部长显然对我那些文章很感兴趣，他问我："这些都是你在大学的时候发表的吗？"我点头称是。他又看了看我在大学时自己办的杂志和我的简历，让我们回去等通知。

等了一周还没有等到通知。我想，可能又没有通过吧，毕竟那是一家具有实力的好单位。但是当时张部长对我很感兴趣，我觉得还是有希望的。无论如何还得再问问，我把电话打过去，在我自报家门后，张部长说："你被录取了，明天来单位报到吧……"

我就这样进入了这家单位。在一次单位聚会上，我带着疑问和感激问张部长："为什么那么多优秀的本科生你们都不要，却要我呢？"张部长微微一笑说："其实那一年单位并没有招聘人员的计划，你们主动上门自荐我不好当面拒绝，而且我非常欣赏你的才华和勤奋。是你的那个电话让我下定决心要录用你。

"虽然你仅仅是一个专科生，但你有锲而不舍勇于进取的精神。你让我想起了土地里长出的庄稼。土地肥沃的庄稼子粒饱满，但吃起来索然寡味。而薄地的庄稼虽然有许多瘪谷，但只要是成粒的，都是拼了命地吸收阳光、水分和肥料才长成的，因而吃起来特别香。在贫瘠的土地里长出的庄稼要比在肥沃的土地里长出的庄稼好，我坚信在一所很普通的专科学校出来的人才不会比那些名牌大学的差。许多年前的我就像现在的你，老板破格录用了我，我带着感恩的心努力工作，并为他发现一些人才。我希望你也能带着感恩的心为企业贡献自己的力量，并把这种感恩传递下去……”

那一晚，我喝得酩酊大醉。我想在以后的人生中，我也会像张部长那样学会感恩并把感恩的心一直传递下去……

一颗有理想的沙砾

这是一颗普通的沙砾，它和别的沙砾没有什么区别：说灰不灰，说黄不黄的样子，小小的一颗，丢在哪里都不可能再找到它。

它又和其他沙砾有所不同。这是一颗有思想的沙砾，它本来和数不胜数的沙砾一样，静静地沐浴着阳光，任潺潺的河水从身边流过。但它不满足于这些，它渴望过一种其他沙砾未曾体验过的新生活。

它希望有伙伴和它一起去寻找这种新生活，于是它就把这种想法告诉了其他沙砾。没想到竟然引来一顿恶意的嘲讽：

"一颗好伟大的沙砾啊，竟然置河滩、阳光于不顾，寻找什么狗屁新生活……

"从来就没有听说过沙砾还会有别的生存方式，祖祖辈辈不都是这样生活的吗？真想不明白现在的年轻人都是怎么想的……

"江湖险恶，别被人算计了！"

作为一颗沙砾，为什么就不能寻求新的生活方式呢？作为一颗沙砾，它会有什么危险呢？但是又有谁肯听它的质疑呢？它一张嘴就会引来别人一连串的嘲讽。它觉得河滩的环境变了，变得让它感到不自在。导致这种结果只是因为，它，一颗普通的沙砾，想过一种不同于其他沙砾的新生活。

夏日的河滩。一个光着脚丫的小女孩儿儿在河滩上奔跑，不时低头捡起河流的馈赠——那些形态各异的贝壳。

小女孩儿儿停止了奔跑的脚步，她抬起头，好奇地问一个男人：“爸爸，这么多的沙子是从哪里来的呢？”小女孩儿儿说着还把脚伸进沙子里，沙子被太阳晒得很温暖，小女孩儿儿觉得很舒服。那个男人抚摩着小女孩儿儿的头，告诉她，这些沙子都是从很远的山上被水冲下来的，起初它们是一些大块的石头，这些石头在湍急的水流里相互碰撞，越变越小，最终都变成了现在这样细小的沙砾……

爸爸和女儿的对话正好被那颗沙砾听到了。它竟然是从很远的山上被水冲到这里的，而且，以前它们都是巨大的石头，而不是现在这般细小的样子。它有些兴奋，它知道自己要做什么了——逆流而上，到自己的家乡看看！

它用力挪动了下身子，想挪到河里。但是，它只移动了那么一点点，再试，仍是如此。它花了一天的时间也没能挪动一厘米的距离，而它离河水足足有三米远。它想：挪到河里得花多少时间啊？但一想到自己的理想，它又安慰自己：每天挪一点点，时间久了，不就能挪到河水里了吗？

实际上，那颗沙砾并没有等多久就到了河水里。那个夏天，一场大雨过后，河水不停地上涨。沙砾看着渐渐逼近的河水激动得眼泪都流出来了，它在心里默默地念叨：终于到了可以实现自己理想的时候了……

河水很快就漫到了它所处的位置，它奋力一跳拼命往上游。可是，它怎么随着水流往下游呢？它看到河岸边的树木渐渐地后退。它真的被水冲着往下游啊！他急得眼泪都流出来了，但是，这有什么用呢？水流的势头那么大，根本就不容它半刻停留……

沙砾被水带到了离它的家乡更遥远的大海，更倒霉的是，它不小心被一只不知名的小动物给吞食了。它在里面什么也看不见，那动物不断地揉挤，它觉得自己被磨得浑身疼，它在不停地扭动身体，试图从那动物的体内逃出来，但一切都是徒劳。

那动物似乎也不好受，想把沙砾排出体外，但它也失败了。沙砾在动物的身体里，把它磨得生疼，它就不停地分泌出一种白色的东西，把沙砾层层包裹了起来……

许多年过去了，一个渔民捕捞到了一个有着坚硬外壳的动物——当然那颗沙砾就在里面，渔民剥开那动物的外壳后，发出一声感叹："我还从来没见过这么大的珍珠……"沙砾想：我明明是沙砾，你怎么说是珍珠呢？它的外面被一层层的东西包裹着，什么都看不见，但是它能感觉到，它正被那个渔民拿在手里反复把玩。它还听到许多嘈杂的声音在说，这么大的珍珠得值多少钱啊……

一颗满怀理想寻找故乡的沙砾，经历了千难万险，竟然误入贝壳里，最终变成了一颗让人惊羡的珍珠……

伯乐相马新传

话说伯乐被一个叫韩愈的人的一篇《马说》一宣扬，名噪一时，其名流传千年。自打伯乐出了名应酬就多了起来，这家开业请他给剪彩，那家单位请他做报告，媒体竞相报道他的事迹，慕名前来向他求教的人更是不计其数。伯乐那本曾经无人问津的《相马术》书稿也被炒得价格飙升。

伯乐整日混迹于官场，忙于应酬，天天是酒山肉海，面色红润，神态微醺。真正找他相马的却没几个。

一日皇帝下诏书，全国内征集十匹千里马，以充内宫，五品待遇。那些每日奔波劳苦，却吃不饱的马一听说此事，纷纷报名参加。一来为了凑个热闹，二来为了撞大运，希望自己是传说中的千里马。

有一匹名为致远的枣红色马也加入到撞大运的行列。说是撞大运，其实，它也是有点儿真本事的，它所在的那片草原，没有马能跑得过它。它深信自己会是那十匹马中最耀眼的一匹。许多马都劝他："别做梦了，全国那么多马，哪里数得着你啊。再说了，现在都讲究背景，你啥背景啊？你的祖祖辈辈都是这草原上最普普通通的马。致远啊，京城那么遥远，你就别去了……"

致远并没有被各种言论所影响，它始终清楚地记得自己的目标，它义无反顾地踏上了进京的路。

致远果然是一匹难寻的好马，经过层层选拔，它和另外十九匹马成功晋级。这就意味着那十匹千里马将要从它们中间产生。对于入选，它信心百倍，它曾经观看过其中一些马的比赛，它们奔跑的速度实在没法和自己比，除了它们华丽的装扮，致远根本没有发现它们有什么优势。致远看到它们的样子就偷笑：这是评选千里马，又不是选美！

“土老帽儿！这年头谁应聘不包装一下啊？再说，看你那土样儿就知道你一无资历二无背景。谁会要你？！”

致远被说得哑口无言，想了半天才说出一句，走着瞧！

负责千里马选拔的就是大名鼎鼎的伯乐先生。

比赛这天，致远在赛跑中，奋力奔腾，取得了第三名的好成绩。在下一轮的面试，致远终于见到了传说中的伯乐，它激动地想，自己出头的机会终于来到了，它在伯乐面前欢腾地跳跃了几下。伯乐拍了拍它的背，不由得点头称赞：“好马！”接着伯乐先生又十分亲近地和致远闲聊了些关于家乡在哪里，来京城住哪，有没有亲戚在京城之类的问题。

致远想：伯乐虽然是声名显赫的人物，但一点儿没有名人的架子，他是那么和蔼可亲，竟然和自己拉起了家常，还对自己嘘寒问暖。

致远不由得一阵激动：“我是不是被录取了？”

伯乐脸色一沉：“回去等通知吧！明天我们公布结果！”

第二天，致远来到皇宫的招聘地点时，这里早已聚集了很多马。原来，招聘结果公布出来了。致远往里面挤了半天才挤进去，可是那张皇榜上并没有它的名字！它又看了一遍，还是没有!

致远的脑子一片空白，怎么会没有它呢？怎么会呢……

曾经笑话它的那匹马，把头凑到致远面前，尖着嗓子喊：“土老帽儿，看到你的名字了吗？哈哈……你难道没发现其中的秘密吗？所有入选的千里马都是名马之后，而伟大的伯乐……哈哈……”

致远用仇恨的目光看着那匹骄横的马，它明白了伯乐和它套近乎的真正目的，用心铸就的大厦在瞬间倒塌，它长嘶一声：“天下无马耶！”泪如雨下，一头撞向了那张皇榜……

世人为了纪念这匹烈马，拟了一副对联：上联是说你行你就行不行也行，下联是说你不行你就不行行也不行，横批是伯乐相马。

第九个孩子要不要

下课了我刚要回办公室，小调皮王伟拉住了我说："老师别走，有道题考考你。"

这个鬼丫头总是那么黏人，下课了总是不让我回去休息，不是出脑筋急转弯，就是给我讲小笑话。而我恰恰是个脑子不会转弯且缺少幽默细胞的人，每次她的急转弯都让我只能来个急刹车，不知所措；每次讲笑话，我还没明白怎么回事，她早已笑得直不起腰来。

想必看到我抓耳挠腮、冥思苦想却仍回答不出她的问题的样子，她很有成就感。所以一而再再而三地考我。更要命的是，考我的人逐渐被她带动起来，形成一个链，似乎是谁把老师考住了谁就厉害了。问的问题也越来越离谱。

比如昨天，陈杰问我，昨天早晨他吃了什么。他吃了什么我怎么知道，难道这也算问题啊？更离谱的事接着就来了，刘梦洁问的问题差点儿没把我憋死，她问我今天晚上她家吃什么。我猜如果我说她家吃馒头的话，她回家一定要吃煎饼，然后次日回来告诉我，我猜错了，她吃的是煎饼。所以，干脆说不知道，省得回答了她还要问我为什么。

"有一个女人怀孕了，她已经生了八个孩子了，"王伟拉了拉我的衣角说，"可是，这八个孩子中有三个耳朵聋，两个眼睛瞎，还有一个智力不健全，而且，这个女人也有病，你说这个女人，生还是不生这个孩子？”

我的第一反应就是，问题越来越离谱了。我又不是这个女人，她生不生和我有什么关系！

“这个问题必须回答，生或者不生。”王伟在一边催我。

这个女人既然生了这么多先天残障的孩子，说明她与丈夫两人携有致病基因，而且得病的孩子那么多，她们第九个孩子患病的概率也非常大。他们已经有那么多残疾的孩子了，再生一个的话，那个女人的命可真够苦的，而且还会给家庭、社会带来沉重的负担。

“还是不生为好！”我坚定地回答这个爱给我出难题的学生。

“确定吗？不改了吗？要知道这可是一条生命啊。”王伟在激我。我坚定地点了点头。

“很失望地告诉老师，你的选择会让全世界再也听不到《命运》《英雄》等交响曲。”

“什么意思？”我瞪大了眼睛，不相信给我出这样问题的是一个小学生。

“那第九个孩子就是贝多芬，那个你认为很不幸的女人是他的母亲。”

学生走了，带着考倒老师的自豪。我却陷入了痛苦的沉思。第九个出生的孩子竟然是贝多芬，当年他的母亲也一定知道，这第九个孩子得遗传病的概率非常大，但她亦知道，这第九个孩子也可能是一个健康的孩子。带着这样的希望，她还是把孩子生出来了，而且这个孩子后来成为响誉全球的音乐家。

在困难面前不丧失对生活的希望，并努力朝自己的理想奔跑，相信创造奇迹的，不只有贝多芬的母亲，还有千百万个像你我这样热爱生活的人。

别忘记了自己的理想

年轻人刚到美国的时候，生活非常困难。为了生存，他不得不到街头拉小提琴赚钱养活自己。在街上他认识了一个非常优秀的黑人琴手。两个人在一家银行门前摆摊卖艺求生，这里人来人往，生意很好，收入非常可观。

在年轻人赚到了不少钱后，他就和他的黑人朋友告别，因为他不想一辈子在这里以卖艺养活自己。他的理想是到大学里进修，成为一名音乐家。年轻人和黑人朋友作别后，始终没有忘记他的梦想，到处拜师学艺，以提高自己的音乐素养和琴艺。

十年后，他路过曾经卖艺的那家银行，发现那位黑人琴手仍在那里拉琴卖艺。占据这么个赚钱的地段，那个黑人显然很自豪和满足。

黑人琴手发现了他昔日的好友后，拉着他的手问："兄弟，好久不见了，现在在哪里拉琴？"

那个人说了一个很出名的音乐厅的名字。黑人琴手问："那家音乐厅的门前也是好地盘，赚钱还可以吧？"

"还好，生意还不错！"那个人淡淡地说。

黑人琴手不知道，站在他面前的再也不是当年街头卖艺的小伙子了。这个叫谭盾的年轻人十年后已经是国际知名的音乐家，他经常应邀在世界顶级的音乐厅登台献艺，而不是在门口拉琴卖艺。

黑人琴手和当年的谭盾都曾为了生计在街头卖艺，黑人琴手因为那里地段好赚钱多而留了下来。谭盾始终记得自己的梦想，为了这个梦想，他一直没有停止学习和奋斗，最终开拓出属于自己的天地。

第2章 十五岁的单车

经过岁月的淘洗，总有一些东西会留下来，然而也总会有一些记忆随着时光的流逝渐行渐远渐无声息。

微笑的鱼

一岁多的时候患感冒，村子里的医生给她打针，没想到她对青霉素过敏，感冒是治疗好了，但是她的世界再也没有了声音。她再也听不到小鸟的鸣叫，听不到村子里那条小溪流过的声音。

在她得病的第三年，妈妈给她生了个弟弟。妈妈从那时起，就不怎么管她了，甚至动不动就对她拳打脚踢。到了上学的年龄，爸爸并没有把她送到聋哑学校，而是让她在村子里的学校跟其他正常的孩子一起读书。

她从不和其他小朋友玩，因为她发现她和别人不一样。她只能看着别人的口型，大体判断他们说的话是什么意思。有时她也会陪着他们笑，实际上她并不知道他们说了什么。高老师曾到她家家访过，学过特教的高老师说，蓝鱼听不到声音，但是她能说话，只是从小她就听不见，没有学会怎么发音。

她家里养着条金鱼。那是妈妈在一年前买的，本来是一对，可是一条无缘无故地死了，就剩下这条孤单的金鱼。每天回家写完作业，她总爱跪在椅子上看那条金鱼在小小的鱼缸里游来游去。她想金鱼也是寂寞的，就像她一样，没有人来陪伴。她把金鱼当成唯一的朋友，因为金鱼的世界也没有声音，就像她一样不会说话。如果它真的说了，估计会被水呛死……在金鱼面前她总是浮想联翩。

今天放学回家她又跪在椅子上看金鱼，看着看着眼泪就流下来了。她想，鱼或许也是有眼泪的吧，只是一流出来就溶到水里，流到水的心里罢了。金鱼的眼泪，除了水，谁也不知道。她想还有一个人知道鱼也会流泪，那个人就是她，因为鱼像她一样孤单。

今天上课的时候，高老师问同学们："你们怎么不爱和蓝鱼一起玩啊？"同桌碰了碰她的胳膊，她知道老师是在说她呢。许多小朋友说："老师，蓝鱼什么也听不见，也不会说话，和她玩一点儿意思都没有。"高老师笑了，很甜。她说："你们知道吗？天使的眼睛都很大很亮，每个天使变成人之前都听不见任何声音，也不会说话，等到变成人，才会像你们一样能听得见声音、会说话……"

每个孩子都像刚认识蓝鱼一样好奇地看着她。那个说："是啊是啊，你看蓝鱼的眼睛好亮啊！"那个说："是啊是啊，你看蓝鱼的眼睛多大啊，就像紫葡萄一样！"那个说："蓝鱼原来是天使啊……"下课了，所有小朋友都争着和她这个还没变成人的天使玩耍。

她看着那条金鱼笑了。她看着金鱼吐出了一个个水泡，她知道那是金鱼在和她说话，她冲金鱼微笑，金鱼似乎也在冲她笑。她想，她不孤单，因为有高老师，还有那么多爱和她玩儿的小朋友。她想着想着不由得笑出了声："咯咯。"她看见金鱼游得更欢快了，甚至游上水面拍打了几下尾巴。"金鱼在笑呢，金鱼真的在笑。"她在心里默默地念叨……

转眼教师节到了，每个小朋友都给老师准备了小礼物。高老师一进教室，他们就呼啦一下子围了上去，往老师怀里塞东西，并大声地喊："教师节快乐。"但蓝鱼没有动，妈妈从来都不给她零花钱，全班就她没给老师送礼物，她觉得很愧疚。高老师看到蓝鱼情绪不对，走到她身边抚摩着她的头问："蓝鱼，你给老师准备了什么礼物啊？"

所有同学都在看着蓝鱼，她的脸涨得更红了，因为她根本就没准备礼物。只见她用双手在胸前做了一套复杂的动作，同学们都看愣了，在下面小声嘀咕："那什么意思啊？"但是高老师的眼泪一下子流出来，因为那是蓝鱼在对她打手语。她说："老师，我爱你。"

高老师说，这是那天她收到的最珍贵的礼物。

武林高手

“真是少见多怪，”江小北用鄙视的眼光看着我们。我们正在激烈地讨论着昨晚村里放的电影《少林寺》，谁也没有理会江小北，“我叔叔也会武功，比觉远小和尚还厉害……”江小北插不进去话，但是他还是不甘心，这一句终于引起了大家的注意。

“哈哈……你叔叔？”大家的哄笑让江小北羞红了脸。他想解释什么，但是被我们更大的笑声给掩盖了。江小北知道没人会听他胡言乱语，就悻悻地走了。

下午放学后，我主动提出帮妈妈薅草喂兔子，妈妈笑呵呵地夸奖我：“真的是长大了啊！”我心中窃喜，她哪里知道我的秘密？我早就和几个铁哥们儿约好了，借薅草的机会练武功。

我们每人找了根玉米秆儿，把两头削掉，只留中间粗细均匀的部分，当棍棒练习对打。玉米秆儿“啪啪”地打在一起，尘土飞扬，从小土路一直打到麦地。其间不时还能听到“哎哟”的声音，那是玉米秆儿打到了身上的结果。

直到夜幕初降才想起薅草的事，匆匆乱抓一气，也不管兔子爱吃不爱吃，装进篮子就往家跑。

望着满身尘土的我，妈妈没好气地问我又和谁打架了。我说练武功去了。妈妈“扑哧”一声笑了，拧着我的耳朵就把我拉到脸盆边给我洗脸。

“江小北会武功！”下午第二节课下课的时候高兴君气喘吁吁地跑来跟我说。

“就他？”我有点儿半信半疑，“你在这里胡扯什么！”

“真的，他就在西边操场练的，好多人都在那里看呢，”高兴君拉拉我的手，“不信你就去看看！”

操场上竟然真的围了不少人，江小北在里面比画着，和《少林寺》里的动作真的有几分像！他竟然会武功！

下午放学后，我们几个跟在江小北的身后缠着他，问他跟谁学的武功。他把在学校操场上做的动作又重复了一遍，不急不忙地问我们：“这也叫武功？”听他那种不屑的语气，我知道他是在为昨天下午不让他说话生气。

“是，是！和电影里的一模一样……”我们讨好地对他说，希望他也能教教我们。

“当然是我叔叔了，他可比我厉害多了！”江小北说叔叔这两个字时眉毛上扬，一副得意的样子。要是在平时，哪会容他这样傲慢地对我们呢？但是现在不同了，他竟然会武功！又有哪个男孩儿子不想学武功呢？

我们几个求江小北教我们《少林寺》里的少林功夫。起初他不肯，后来我们凑钱给他买了瓶汽水，他才有点儿不情愿地说：“咱们要不是同学，我才不教你们呢！但是你们得叫我声师父！”

实际上谁都知道，一瓶汽水比得上我们几个人加起来的面子。为了学会武功后，行侠仗义、替天行道，我们还是不那么情愿地叫了他师父。

放学后我们也都不回家，跟在江小北后面到学校西面的空地上学武术。他教的第一招是在地上爬，比赛看谁爬得快。事隔十多年，我也不明白，这爬是哪个门派的武功。这一招练了两个下午就觉得没有意思了。江小北接下来教我们的是倒立和飞檐走壁。练倒立时要在墙根处双手扶地，脚立起来靠在墙上，不过危险性很大，我就在倒立时摔倒了，腰正好碰在石头墙墩上，蹭去了一大块皮，直接导致连飞檐走壁都没能学。

也幸好没学。所谓的飞檐走壁就是在墙头上跑，在高高的墙头上走都让人胆战心惊，更何况是跑。

飞檐走壁功没练上两天，江小北就在一次示范表演时从墙头上摔了下来，摔折了腿。

江小北的妈妈到那几个跟她儿子学武功的孩子家里骂了个遍，说是他们教唆小北爬墙头。我因为蹭破了后背没学而逃过一劫。当她知道小北是在教我们学武术时摔伤的，她指着小北的头，恶狠狠地说："活该，你什么时候学过武功？自作自受！"

从那以后，没有谁敢再提练武术的事儿了。

十五岁的单车

早自习已经上了有二十分钟了，少年本打算趁老师不注意偷偷溜到座位，但老师就站在他座位的附近认真地读着一本书。他站在教室的门口小声喊："报告。"声音很小，还是打断了早读的声音，所有人都停止了读书，抬起头望着他。

少年黝黑的脸上汗涔涔的，泛着红光，显然是一路急着赶来的。那么多双眼睛齐刷刷地望着他，他觉得有些难为情，脸变得更红了，微微低下了头。他等待老师让他进来，年轻的女老师却并没有，他抬起头疑惑地看着她，她也疑惑地看着他，眉头微皱了下，迟疑了足足有五秒钟，才说："进来吧。"

少年像得到大赦一样，快速奔到座位上，脸上的汗都没来得及擦就掏出课本大声地读起来。

在她的眼里，他是一个好学生，虽然木讷寡言，但学习努力，成绩优异。少年住在离学校二十多里的一个小山村，这么远的路程，偶尔起晚了或者半路上自行车坏了不能按时到校是可以原谅的，但连续三天迟到就说不过去了。少年喊"报告"的时候，她故意沉默了一会儿，以示不满，他不是那种不懂事的孩子，他那汗涔涔的涨得通红的脸和粗粗的喘息声告诉她，他是急着往学校赶的，尽管还是来晚了。

少年从老师的眼神中看出了她的不满，他并不怨她，连续三个早晨迟到，的确说不过去。虽然老师没有批评他，但是他知道如果再迟到实在是说不过去了。

他在心里暗暗下决心，明天早晨一定要早早地来到学校。

次日早晨，她刚把车放好，远远地看到少年也来了。他骑单车的样子有点儿滑稽，屁股离开车座，高高地翘着，整个单车随着身子的晃动而左右摆动着，他显然很用力，车子行驶起来却显得很吃力。

少年放好单车，一路飞跑着朝教室赶去。望着少年急匆匆地拐进楼梯口，她来到他的单车前，这是一辆老式的八九十年代的单车，高大笨重，上面锈迹斑斑，满是时间的痕迹。她的目光停在了车的后轮胎上，那上面竟然缠绕着绳子，有的地方还用铁丝扎了起来。她费了好大的力气才把绳子解开，轮胎的缝隙里露出来一块布条，往外一扯，竟然是一件撕碎的衣服！她吃惊地把整个后轮胎都翻出来，里面塞满了破布、棉花……竟然没有内胎。她终于知道少年为什么满脸汗涔涔却仍然迟到了，她终于知道为什么少年那么用力地蹬车而车子却不赶路了。泪一滴一滴地从她美丽的脸庞滑落，她不知道是谁出的这样的主意，她不知道他有着什么样的家庭，她不知道这个只有十五岁的少年内心有着一个怎样的世界……泪水顺着她的脸颊一滴一滴地滑落……

课间的时候，她找到少年，说："我的单车坏了，想到外面买点儿东西，借你的车用下。"少年的脸红红的，半天才说："我中午也要出去的，你……借别人的吧。"

"你还有时间出去？中午不是有语文考试吗？"她的脸上有些愠怒的样子。

中午一放学少年就跑去看他的单车，车早已没有了影子，他开始忐忑不安，他一直小心地隐藏着内心的那份自卑，要是她发现了车胎的秘密，那该有多尴尬？

少年没去找，他知道一定是她骑走了。让他感到奇怪的是，中午语文老师并没有来考试。

临近上课的时候，她又找到他说：“真倒霉，车刚骑几下就没气了，害得我只能步行。车就放在学校西边的修车铺里，下午放学的时候你去推吧。”

少年有些庆幸，幸好她没有发现他单车的秘密。

下午去推车的时候，少年发现车的后轮胎都已经换成新的了。他心里微微一颤，尴尬地说：“大爷，我，我没带钱，明天……”修车的老人头也没抬，说：“那个女老师早就把钱给垫上了，你推走吧！”

少年和那位女老师都没有再提及此事，直到初中毕业，少年再也没有迟到过。

许多年后，少年也成了一位深受学生爱戴的老师，他靠自己的努力买了房子，还买了辆小轿车，家里光闲置的单车就好几辆。

班里有个叫小夕的孩子引起了他的注意。小夕父母离异，父亲外出打工，他只能跟着生病的奶奶一起生活。每天既要上学又要照顾奶奶，一辆几乎要报废的单车就成了小夕的交通工具。他忽然就想起了十五岁的自己，想到那个美丽的女老师，想到他和老师的秘密……他终于找到小夕，说：“我要到外面买点儿东西，想骑下你的车。”

故事的结局有些老套，正如你所料，这位老师回来后对他的学生说：“我把你的车弄丢了……”

温情地瓜香

我是在下了晚自习回出租屋的路上见到她的，那时她在学校南墙的拐角处，她的旁边是一个烤地瓜的炉子。昏黄的灯光下，她的脸色有点儿惨白。一双手交叉着伸进褂袖里，靠在电线杆上。见到我，她不自然地把手抽了出来，欲言又止的样子。

在这里见到她着实吓了我一跳：这么晚了，她在这里做什么？难道会有人买她的地瓜？这样想着时便已从她的身边走过。

身后传来一个沙哑颤抖的声音："小妹妹，买个地瓜吧！"是在叫我吗？我迟疑地回头。除了我，没有其他人从这条街上走过。

"你在叫我吗？"我问她。她说："是啊，您买个地瓜吧！"她说着就走到我跟前，递给我一个地瓜，一看就知道那是烤得非常好，甚至可以用嘴去吸的地瓜。我摊摊手，告诉她我并不需要这个地瓜。

"这是最后一个了，您拿着吧，便宜点儿，我也好回家……"

其实我并不是很喜欢吃地瓜，因为我的父亲也像她一样，在这个并不属于他的城市里卖烤地瓜。每次有卖不完的地瓜，母亲晚饭也不做，全家就吃父亲卖不完的地瓜。当同学拿着热气腾腾的地瓜满口叫甜时，我总是在内心暗笑：地瓜有什么好吃的？假如他们知道我从小是吃地瓜长大的，一定羡慕得不得了。就像那次同学到我家，我领他们到家乡的山上玩，当他们得知我好几年都不来玩了时，他们满是羡慕地感慨，要是他们家在这里，得天天爬山。

就为了把最后一个地瓜卖出去，她竟然一直等到这么晚，或许，她家里还有孩子在等他们的母亲回家吧。

掏钱买下。那么大的一个地瓜，她竟然只要了五角。我潸然。我的父亲，是不是也曾像她那样，为了最后一个地瓜，在寒冷的街道上站到夜深，然后近乎白送地廉价出售？

吃着那个温软的地瓜，一股暖流汇入心中。她烤的地瓜似乎比父亲烤的要香甜些许。

以后便经常在拐角处见到那个卖地瓜的她。就像专门等我一样，我到了，她从那宽大的皱巴巴的衣袖里抽出手，说："小妹妹，还有最后一个地瓜，吃了吧……"照例掏钱，每次，她只要五角。直到我穿过长长的小巷，转弯了，她才慢腾腾地收拾好，推车往反方向走……我多次对她说："就最后一个地瓜您不会自己吃了吗？这么冷的天？"她只是笑，并没有吃最后那个地瓜。那最后一个地瓜，似乎只为我留……

渐渐地知道了，她从农村来，有一个和我一般大的女儿，女儿学习很好，可惜两年前出车祸死了……

一连有几个夜晚没有见到她了。或许，她早早地就把地瓜卖完了。夜晚不吃一个她烤的地瓜，心中竟然就像有事没完成一样焦虑。

那天晚自习结束后，竟然又在电线杆下见到了她。一见到我，她就说："你总算放学了……"

听那话，她似乎等了我许久。我笑着问她："有什么事吗？"

她亦笑："没什么事，我是来和你道别的……"

"怎么，不在这里卖地瓜了？那我可再没口福吃你烤的香甜的地瓜了。"我打趣道。她说："过了今晚就不卖了，家里离不开……"

她把一个大大的地瓜递到我手里，我给她钱，她说什么也不要，还说再给钱她就生气了。

吃着香甜的地瓜和她有一句没一句地聊着。她说："你吃地瓜的样子真像我的女儿。"她说："我知道其实你并不怎么爱吃地瓜。"她说："以后不能再看着你穿过这条长长的小巷了，以后要多加小心，晚上一个女孩儿子不安全……"

忽然有些哽咽，她每天"剩"一个地瓜给我，竟然是特意的.我忽然明白，她磨磨蹭蹭地收拾东西，直到我穿过小巷才走，竟然是怕我在小巷里遇到坏人……

和她别过，不曾回头，但我知道身后有双充满温情的眼睛在默默地注视着我。那双眼睛将会永远留在我十七岁的记忆里……

18岁，城市不容纳眼泪

车站里熙熙攘攘，他们费了好大的劲儿才挤上公交车。

今天是大孩儿上大学报到的日子。下了火车他们便乘上去大学的公交车。虽然大孩儿只背了个小包，但他还是没抢到座，明明他是可以得到座位的，他就站在离车门很近的队伍的前几名。前面就是他爹，他爹腿边还有一个大蛇皮袋子。袋子里是大孩儿的衣服，还有大孩儿他娘亲手烙的二十多张煎饼，还有一盒肉炒的咸菜。大孩儿以为他站在前边就应该有座坐了，但是他错了，车一来他就知道自己错了，后面的队伍早已不见了，取而代之的是疯狂的往前拥的杂乱的人群。他不理解，他愕然，忙闪到一边。整个站牌下只剩下他一个人愣在那里，司机问他还上不上的时候，他才知道那些人是抢座位的。他不明白穿得这么好的人的内心和外表为什么有那么大的差别。他清楚地记得书本上讲要礼让，老师也是这样教的。或许城市和农村的习俗不同吧！大孩儿这样想的时候才发现他的爹不见了，他急了，四千多块钱的学费可全在他爹的身上啊。

他趴在车门上朝里看，他只看见一张张陌生的面孔。

司机皱着眉头问：“你到底上不上啊？不上就走开！”他吓得离开了车门。

“俺找俺爹……”

“你爹是谁？一车人你认吧？”

看着满车嘲弄的目光，他的脸顿时通红。他想：城市人真冷漠。在他庄上哪有这样的事？乡亲见面时都质朴地互相问候。而城市更多的是冷眼，城市没有温度，城市人的心里都结了冰。在那一刻，他有生以来第一次感到自尊受伤。

“大孩儿？大孩儿！快上车！”

这是爹的声音。这声音粗犷有力，这一声吼便冲出了整车人的叽叽喳喳，钻入大孩儿的耳朵，大孩儿觉得这一声不但钻入他的耳朵 ，还钻入了他的心。他心里一热，眼泪差点儿就掉了下来。但他没有掉泪，他把眼泪流到了肚子里，他觉得在城市人面前流泪是很没面子的事。他觉得流到肚子里的泪很温暖，就像他爹的那一声吼。

在大孩儿的脚刚落到车上的一瞬，汽车就开动了。他摇晃了一下便站稳了，车上并没有太多空间，他一碰到身边那个长发披肩嘴唇猩红的女孩儿儿便弹直了身子，嘴里不停地说对不起。那女孩儿儿掸了掸衣服，脸上露出了愠怒的神色。转过身子的同时甩出了一句“乡巴佬儿”。

大孩儿并没有生气，他觉得那女孩儿儿即使发火的时候也很美丽。碰了她发火是可以理解的，但是他已经说了一大串对不起了。说了对不起她为什么还发火？因为他是乡下来的？城市人真叫人难以理解，为什么人就在身边却感觉那么陌生？

大孩儿是费了好大的劲儿才在众人疑惑的目光中挤到他爹的身边的，他忽然发现他爹在这车上是那么的不和谐。干瘦的身体，黝黑的皮肤，一双关节明显、像松树皮似的手紧紧地抱住蛇皮袋子。大孩儿觉得他爹没必要那么紧张，袋子里并没有值钱的东西，他的学费在家里时就被娘缝在他爹的内裤里。临行前，他娘还一遍遍地叮嘱他爹别让别人给掏了下身，大孩儿觉得好笑。哪有那么不要脸的小偷啊，掏人的那部位。他清楚那钱是他爹四处求亲戚借来的。靠干建筑小工每天赚的那点儿钱供他和妹妹上学、支付全家的开支是远远不够的。

他清楚地记得当邮递员送来录取通知书时，他爹高兴得像个孩子。他爹驼的背也直了不少，走起路来脚下像安了弹簧一样轻快，一整天脸都乐开了花。晚上他还和爹一起给奶奶上了坟，他们跪在坟前，大孩儿的爹说："娘，你孙子出息了啊，你孙子考上了大学，你就安心吧。你孙子要到很远的地方，到底有多远我也不知道。那地方我也没去过，光车费就三百多呢。我跟大孩儿说了，为了省钱，就过年回来一趟。俺现在就给你送点儿钱，你就别想你孙子了……大孩儿，你跟你奶奶说几句……"

大孩儿在忽明忽暗的香火的映照下，瞥见他爹苍老的脸上淌下两行泪。他以为他爹是不流泪的，他只见他爹流过汗流过血。他发现爹的眼泪和别人的一样，清澈、透明、真诚……

大孩儿心中一阵酸楚，泪无声地流了出来……

多少年过去了，年少时的许多往事早已烟消云散，但18岁那年，他考上大学的那段往事却记忆犹新。

如今大孩儿有着让这个城市大多数人羡慕的工作，旁人再也无法因他的外表、口音将他与这个城市分开。

大孩儿站在高档写字楼的17层，颇有同感地读着一篇《18岁，城市不容纳眼泪》的小说……

我记住你了

1

我正在写数学作业，只觉江小北狠狠地抻了下我的胳膊，然后就听到他压低的怒吼。

“哎哟，你干什么？把我的本子都弄坏了！”

本想跟他说声对不起，但我匆匆一瞥，竟然发现他的作业本不知道什么时候悄悄地侵入到我的“领地”来了。怒则伤肝，不怒伤心。我强压住心里的怒火，故意以柔克刚。

“对不起，我的胳膊在我的地界里碰到你了，真是太不好意思了。”

江小北看了看我的胳膊，气愤地说：“你就不会告诉我一声过线了吗？”

“我告诉你的次数还少吗？”江小北这样一说，我也来气了，提醒多少次了都不见效果，那就得让你为你的所作所为付出点儿代价。

“你厉害……我记住你了！”

2

“啊，好臭，哪里来的臭味？”没过几分钟我便闻到了一股说不清楚的气味，我朝四周看了看，同学们都安静地做作业呢，只有江小北狐疑地看了我一眼，露出了一丝不易察觉的慌张。我低头一看，妈呀，他的两只大汗脚正在呼吸新鲜空气呢！

这家伙脚下像长了弹簧，一下课就出去蹦跶。蹦跶咱管不着，可是他还特别懒惰，我估计那袜子一个星期不洗也不会产生那么强烈的气味，刚才那一低头差点儿 把我眼泪都熏出来了。

“拜托，公共场所注意文明！”

“对不起，我的脚没占你何大小姐的位置吧？”可恶的江小北竟然学着我的腔调说话。

“好，你厉害！”

这家伙竟然想以臭气来报复我，这也太低级了吧？看我怎么整你！

3

我把那会儿吃剩的泡泡糖丢在了我们桌子中间稍微偏我这边的地面上。

他的脚只要朝我这边一动就会踩到泡泡糖上。

“哎哟，我的脚怎么抬不起来了？”我布置完“现场”还没五分钟，江小北就嚷开了。他往回抽了两次右腿都没成功，只好钻到桌子底下看个究竟。

这泡泡糖没那么黏吧？我趴在桌子上想看江小北究竟要干什么。好家伙，他竟然把脚从鞋里抽了出来，直接放在了我这边，袜子和泡泡糖粘在一起的确是够结实的，难怪他抽不出来。

到桌子底下就更没力气抽出脚来，江小北竟然来了个“金蝉脱壳”，直接把脚从袜子里抽了出来，而臭袜子还粘在地板上。

“哈哈哈……”我大声笑起来。

“笑什么笑？你以为你赢了吗？你看看这是什么？”江小北指了指三八线附近靠近他那边的桌子——竟然有一团红墨水！

再看我的裙子，上面竟然有个大大的红色墨迹，刚才我趴在江小北的桌子那边时，裙子正好蹭到了那团墨。

“江小北，你……”

“何若兮，你、你什么你……”

4

周末我和妈妈去逛街，经过小吃一条街时，老远就闻到了臭豆腐的味。油炸臭豆腐可是我的最爱，薄薄的一片臭豆腐放在油里炸至外表金黄时捞出，佐以熬好的姜汁、秘制酱料、辣椒粉、香菜，用细细的竹签叉起一块裹满料汁的臭豆腐，再整块塞进嘴里，豆腐皮外焦里嫩，满口的酱香、过瘾的辣味后面是一股淡淡的臭味，那味道真叫一个香！

我想，也只有在中国才会把臭说成香。没见臭豆腐都打出这样的广告语嘛：臭名远扬，香飘万里。

扯远了，书归正传！正当我美美地品尝着臭豆腐时，几个蹬着轮滑鞋的男孩儿“嗖”的一下子贴着我过去，又都猛地在前面刹住了。

“哎哟，这不是何若兮同学吗？”说话的正是江小北，“你怎么吃这个？”

“我想吃，你管得着吗？”我瞪了他一眼，把一块臭豆腐又塞进了嘴里。

“谁敢管你啊，你可是大班长！”江小北歪着脑袋说，“不过我记得胡老师多次说过不要在外面吃垃圾食品，尤其是臭豆腐，是不是有这回事？”

“你、你管得着吗？”我有点儿理屈词穷的感觉，胡老师的确说过不要吃这些东西，但我还是不想认输，“这又不是上学期间。”

“我就纳闷儿了，”江小北看来要和我纠缠到底，“你一闻到我的脚臭就要和我拼命，怎么现在又专门吃臭豆腐？”

“你、你……”我气得无话可说。

“我的脚臭是自然发酵的臭，听说现在的臭豆腐为了快速变臭，都用腐肉和粪便水浸泡……最近电视上还报道了这件事，也不知道真假……”

我恶心得差点儿吐了出来，拿着还没吃完的臭豆腐向江小北砸去，谁料他早有准备，我刚一抬手，他那边脚一蹬，便溜之大吉了。

5

那天下午竟然下起了雨。由于前一天晚上的天气预报里并没有播报第二天有雨，妈妈也就没有给我准备雨伞。

同学们陆陆续续被家长接走了，爸爸妈妈竟然还没来接我。就在我焦急地四处张望的时候，江小北出现了，他皱了下眉头，说：“你爸爸妈妈没来接你吗？”

见我不作声，他把手里的伞往我手里一扔：“用我的吧！”

“那好吧。”我有些犹豫，但还是接过了江小北的伞。

江小北家和我家在同一条街上，从家到学校也就步行十分钟的距离。他家比我家稍微近一点儿，等他到家了，我再用他的伞回家就可以了。

“那我们走吧！”我对江小北说，同时伞向左手边靠了靠，让他也进来。

“开什么玩笑？”江小北诡异地笑了起来，“我还是到雨里散散步……”话没说完就踩着水花跑了起来，边跑边唱：

“下大雨，我不怕，脱了小裤淋小褂……”

第二天，我准备把伞还给江小北，并打算送给他一包薯条作为酬谢。可是一直到第二节课下课还没见他到学校。我趁到办公室送作业的时候，故意对胡老师说：“江小北没来，他的作业没交……”

胡老师头也没抬，说：“他妈妈给我打电话了，明明有伞却不用，跑雨里玩，现在正在家挂吊瓶呢……”

6

我终于还是把江小北的一只臭鞋给踢丢了。

那天午休时，一股恶臭将趴在桌子上睡得正酣的我熏醒了，不用说，气味一定是从江小北那双自然发酵的脚上传来的。

我屏住呼吸一看，江小北的那双大汗脚又偷偷地溜出来呼吸新鲜空气了！只见他一只脚垫在鞋上，另外一只放到了地上。我轻轻地把那只被“遗落”的鞋钩到脚边，往外一扫，那鞋便钻到江小北的桌子底下。江小北正趴在桌子上看小人书呢，突如其来的“天外来客”把他吓了一跳，他回头瞪了我一眼，一脚扫射，那鞋被王小莹的桌子腿一挡，停住了。鞋与桌子腿相碰的声音把王小莹吵醒了，她抬起头看了看四周，见没人就趴下接着睡。趴了几秒钟觉得不对，再次抬头看了看四周，鼻子使劲儿地嗅嗅，终于发现了气味的来源。

王小莹生气地一脚踢去，那鞋便冲出教室飞到了走廊里。我在后面看着这一切，不由得暗暗地笑起来：谁让你随便脱鞋呢？

江小北，这回有你好看的！

7

江小北在醒来的第一时间便发现自己右脚的鞋丢失了。

“我的鞋呢？”江小北在教室里一蹦一跳地找鞋。

同学们被他那滑稽的样子惹得哈哈大笑。

课桌底下，垃圾桶里，甚至老师讲桌的抽屉里都找了，江小北就是没找到他的鞋。

“我的鞋呢？”江小北有点儿生气地对我说，“一定是你把我的鞋藏起来了！”

“你的鞋那么臭，谁稀罕？”我故意生气地对他说。

江小北想想我的话也对，就没有再怀疑我。

可是，当我们嘻嘻哈哈地看着他一蹦一跳地到走廊找时，走廊里除了出来走动的同学，哪里有鞋的影子。

江小北的鞋丢了！

8

江小北终究还是没有找到他丢失的那只鞋子。我因为内疚，偷偷地到垃圾池里仔细寻找，但也没找到。

江小北的那只鞋子真的因为我就这样丢失了。

放学了，江小北一蹦一跳地回家，周围的行人纷纷向他投去诧异的目光，然后便是或许并无恶意的笑声。江小北起初还有力气蹦，蹦了没多远便只能改用两脚走了。他就这样只穿着一只鞋子，深一脚浅一脚地在别人诧异的目光里走着，泪水开始从他的眼中流出。

他疯狂地跑起来，一边哭一边跑，想让这羞辱的时刻结束得早一些。

我在后面看着他的尴尬，心竟然也隐隐地痛了起来。我一个小小的无心的恶作剧，竟然给他带来了这么大的伤害。

如果知道是这样的后果，无论如何我也不会把那只鞋给踢走。

我的眼泪也流了出来。

9

江小北变了许多。他下课不再嘻嘻哈哈地和别人吵闹，更多的时候一个人待在位子上看书或者在走廊的窗台前凝视远方；他的一贯毛糙的头发梳得非常柔顺，散发出洗发水淡淡的清香；新买的运动鞋穿一周都看不出脏，当然我再也没闻到他那熏人的脚臭味……

但，这是那个曾经老和我闹矛盾的江小北吗？这是那个踩着轮滑鞋生龙活虎的江小北吗？这是那个脚臭熏人的江小北吗？这是那个把雨伞让给我却冒雨回家的江小北吗……

不是！不是！不是！

10

因为在学校春季运动会上破了县里的中小学跳高纪录，江小北作为全县中小学生代表参加市里举行的运动会。

江小北连课都不上了，天天在操场训练。从走廊的窗户往外一看，便可看到操场上他训练的身影：弓着身子两脚蹬地，起跑，曲线助跑，侧身起跳，身子后仰轻盈地飞起来，越过横杆落在后面的垫子上……

江小北的弹跳能力这么强，难怪他能破纪录。

这时候，我真想江小北能站到我跟前，一头汗水，满脸尘土，一身臭气，嬉皮笑脸地对我说：“何若兮，是你把我那只鞋给弄丢的，我记住你了！”

真的，我好想他这样对我说。

机器猫

今天轮到我值日，下午放学后我正准备锁门。“咚咚……”一阵奇怪的声音不知道从哪里传了出来，我环顾了下四周，竟然一个人也没有。

“不用看了，没人！”一个个的字就这样蹦了出来，机械而单调。我忙跑到教室门口，想逮住这个捣蛋鬼，整个走廊却空空的没有一个人影。

“我是一只机器猫，就在讲台里，快把我救出来……”

我拉开讲台的抽屉，果然在满满的杂物中找到了一只机器猫。“是你吗？”我拍了拍它身上的灰尘。

“干吗打我？咳咳，”机器猫咳嗽了两声，“不是我还会是谁？”

“好心把你从杂物中解救出来，你竟然这么不客气，还是把你关在里面吧！”

“别，别！”机器猫这时说话也不一个字一个字地蹦了，“在里面可憋死我了！”

机器猫就这样跟着我到了我家，作为报答，他要帮我实现两个愿望。

回到家，看到一大摞的作业，我就犯起了愁，要写完得什么时候啊？我一拍脑袋，对机器猫说：“你帮我做……”作业两个字还没说出来，我忽然想起机器猫说过的只能帮我实现两个愿望，可不能轻易就浪费啊。

“机器猫，以后我的所有事情就由你代劳了啊！”

第二天组长检查作业，我的竟然都写完了，工工整整的比以前写得都好！

嗓子有点干，我该到学校小卖店买瓶饮料解解渴……我刚把手伸进书包里找钱，你猜我摸到了什么？一瓶雪碧！

哈哈，这一定是机器猫的杰作！我偷偷问书包里的机器猫：“那瓶雪碧是你的杰作吧？”机器猫点了点头。

我想吃棒棒糖，一根咖啡味的棒棒糖就藏在了我的书包里；放学了，我想快点儿回家看动画片，刚想完，就已经到了家门口；妈妈让我洗自己的臭袜子，我刚要打水，那边袜子早就晾到阳台上去了……

机器猫给我带来了许多方便，但也给我带来了许多苦恼：我想玩电脑游戏，机器猫替我玩了；我找到同学肖克要和他赛跑，可是刚这样想时，我就到了终点；劳动课上，老师教我们怎样种白菜，我刚要动手，那里白菜早就种完了……

只要我一想到做什么，那边机器猫就替我做好了。我不停地想，愿望在瞬间就都实现了。我不能和同学们一起玩耍，不能和家人一起吃饭，不能陪着爷爷逛公园……

我实在想象不出值得我做的事了，我就那样呆呆地坐在那里，什么都不想，任时光流逝……

烦人的机器猫又来催我了：“小主人，快点儿想事情让我帮你实现啊……”我害怕地躲着它。

“你还有一个愿望可以实现。”机器猫小声提醒我。“那就把我变回原来的样子吧！”我迫不及待地对机器猫说。

“你可想好了，这是最后一个愿望了。”机器猫提醒我。

“变回去！”我斩钉截铁地说。

“嗖”的一声眼前出现了一束耀眼的光，那光强烈得让人站立不稳，我眼前一黑，就什么也不知道了。

等我再次醒来时，我发现我在我们班的教室里。肖克正站在门口，有点儿不耐烦地问我：“都放学这么半天了，你还磨蹭什么，你不走我走了啊！”

我背起书包忙喊道:“就你急,这就走！”当我走到讲台前时，无意识地拉开了讲台的抽屉，我看见一只玩具机器猫躺在里面，它布满灰尘，似曾相识……

我拉起肖克的手，飞速地逃出了学校……

野蛮女同桌

同桌是一个野蛮的女生

老师竟然安排我和洛离同桌。我心里连连叫苦："上帝啊，杀了我吧！怎么能和这样野蛮的丫头同桌呢？"这话我没敢对着洛离说，她的野蛮可是出了名的。仗着自己是班长、学习好，动不动就来场河东狮吼，吼也顶多是母狮子在吼。但要命的是她还有暴力倾向：拧、掐、拽、拉、打……反正带提手旁的字她是招招精通，同学们私下里称她是全才！

和这样的全才同桌还不要了我的命啊？所以我的不情愿是可以理解的。但是她呢，竟然也是一副不情愿的样子，她对周围的人说："也就是我，谁还愿意跟江河同桌啊。不爱学习，就知道睡觉，睡觉就睡吧，还流口水……"我听了火冒三丈：不就做同桌吗？至于吗？你不就是学习好点儿吗？用得着贬低别人来抬高自己的身价吗？我最讨厌的就是这种自私且自以为是的小人。但是这些话仅仅在我的脑子里一闪而过，并没有形成语言并说出来。因为她说的都是事实。我就是不爱学习，午休的时候我的桌子上总是湿湿的……

洛离一上来就趾高气扬地说："江河，我们得约法三章：一、上课不准睡觉，因为你的鼾声会引来无数双好奇的眼睛，那样我会很不自在；二、不准抄我的作业；三、得听我的话！"

我狂晕，这哪里是找同桌啊，分明是黄世仁在逼迫杨白劳按手印啊！

我说：“我为什么得听你的话？你以为你是谁！”

她袖子一甩，拳头一握：“你敢不听？！”半是质问半是威胁。眼看就要挨上了，我说：“行，我听。”因为晚一点的话我知道就会挨她的“天马流星拳”或者“黑虎掏心”，假如我挨打并忍不住还手的话，她就会又哭又叫找老师诉说我的不是。而几乎所有老师都对学习好的学生给予更多的关怀。所以我是惹不起洛离的。咱惹不起还躲不起吗？

洛离，敲诈我三盒冰淇淋的同桌

前面说了，我睡觉的时候有个毛病就是爱流口水，这让妈妈伤透了脑筋，我看了许多医生，西药、中药也吃了不少，但是效果并不是很明显。在学校午休的时候，我的桌子上总是有湿湿的口水，这让我觉得很没面子。许多可恶的家伙午休一结束，就跑到我的桌前看我的被口水覆盖的桌子，然后说：“江河，又做梦娶媳妇了吧？”没等我发火，他们就兔子似的吓得撒腿就跑，我也懒得理他们。妈妈后来给我做了个特殊的小枕头，午休的时候我就趴在上面，再多的口水也都被小枕头吸收了。

自从和洛离同桌后，我的宝贝枕头一直都是干净的，没有湿的痕迹。因为班上有几个同学在午休的时候老是窃窃私语，洛离是班长，所以她总是歇斯底里地喊：“别说话了！”我闭着眼但感觉洛离是对着我的耳朵说的。

或许她是故意不让我睡着，谁知道她脑子里闪过这样的念头没有。

那天自习课上，我昏昏欲睡，我努力克制自己但还是没能控制住，呼呼地睡去。睡梦中我的耳朵被人拧得火辣辣的，睁眼一看是洛离！我刚要发火，洛离手上一加劲儿揪着我的耳朵说："就知道睡觉，古诗你会背了吗？"

"什么古诗？"我问洛离，"背就背呗，干吗拧我耳朵？你快松开，啊，好疼……"

"李白的《静夜思》，快背！"

农民被地主强迫缴租子的感觉我都有了，只不过我缴的不是粮食而是古诗。真是的，野蛮的洛离，回头有你好看的时候。

"床前明月光，疑是地上霜。举头望明月，低头……"我故意装作不会背了，低头冥思。

"低头什么？"

"低头……低头撕裤裆！"我说话的工夫，手也伸向洛离的裤子。她"哎哟"一声向后退了一步，然后又迅速地拧住了我的耳朵。"小流氓，真想不到你还是小流氓！找老师！"她竟然拧着我来到了走廊，我害怕了，真告诉了老师，那我不就惨了。我说："别这样，要不我请你吃冰淇淋？"我哀求她："多少盒都行，只要你不告诉老师。"

"五盒！"她真是狮子大开口。

"你以为我有多少钱，大姐？两盒！"

"不行，四盒！"

"三盒！"

"四盒！"在金钱的问题上我们谁也不让谁……

"就三盒，要不你就告诉老师吧！"我假装拽她的衣服走，她不动，沉默了大约有十秒种，她说："好吧，这次便宜你小子了！”

考试失利，损失冰淇淋，骗我的是亲姐姐

期中考试前，洛离就跟我说了，要好好学习，别指望考试的时候看她的。呵呵，我哪会听她的，我该怎么玩就怎么玩，到时候自然有办法。

考试的时候，试卷的题好像都见过，但是好几道题我就是不知道怎么做，偷偷朝洛离那里看，平常大大咧咧的女孩儿子，这次掩盖得竟然一点儿也都看不着。我在桌子底下用脚踢她，她不给我看，还使劲儿用脚踩我。

我想完了，真不让我抄可就惨了，回家妈妈会打我的。但是我不能跟她说这些，就是说了也没有用。我伸出一个手指头，小声嘀咕：“一盒……”她明白我的意思，我的意思是她给我抄我就请她吃一盒冰淇淋。

她好像并不满意，仍不给我看，我就拽她的衣服也不让她安稳。她最终还是妥协了，小声说：“这就写完了，过会儿给你看。”

我从头到尾把她的试卷看了个遍，当然代价是我必须给她买四元钱一盒的冰淇淋。

考试成绩出来，洛离考了九十多分。我想：看我的吧，这个世界上没有白花的钱。老师喊我的名字了：“江河……74分！”怎么会呢，我是照洛离的试卷抄的啊？我看看试卷，“74”两个鲜红的阿拉伯数字被鲜明地写在试卷上。

我把洛离的试卷拿过来一对，好几道题我们的答案竟然不一样！

怎么回事呢?

下课了，我试卷一摔，问洛离：“为什么答案不一样？”

她看看我理都不理：“谁让你不好好学呢？交卷前我发现有错误就改了改……”

原来她故意把答案写错让我抄，等快交卷时她又聪明地把答案改了过来。这个坏丫头，吃了我的冰淇淋还骗我!

“哪有骗自己亲弟弟的啊，以后我不认识你了！”我生气地对洛离说。（洛离是我的亲姐姐，老师觉得我成绩不好，才让她和我同桌辅导我的。）

“就是让你知道本姑娘的厉害，我还要告诉咱妈你乱花钱……”

“啊——”这次换我歇斯底里地大喊，我怎么这么倒霉，怎么会有这样一个野蛮、想出鬼点子整人的姐姐啊……

我和肥妞的“国界”纷争

一

和胖妞郑娜同桌真够倒霉的，每天她都要越过“国界线”侵入到我的“领地”。是可忍孰不可忍，我曾经想以武力威胁她停止不顾长远利益、肆意侵犯别人的行径，可是面对人高马大的她，狠话还没说我就胆怯了。

“算了，不与小女子一般见识！”

“这还差不多。喏，送给你一瓶可乐吧……”郑娜的豪爽和她的体重成正比，只要不惹她生气，她总是愿意拿出她的零食与我分享。

不得不承认，在美食的诱惑面前，我的意志脆弱得不堪一击。

“这节课你可是第六次超过三八线了！”今天可是第一次语文考试，大家都把这次考试看得非常重要。语文试卷本来就大，郑娜一挤，我的空间就更小了，那么狭小的空间心情一定会压抑，心情一压抑考试成绩肯定会让你更压抑。

我小声却不失凶恶地对郑娜说：“别欺人太甚！”

“江小北，你嘀咕什么呢？是不是想抄郑娜的？！”语文老师的严厉是出了名的，什么小动作都逃不过他鹰隼般的眼睛。

“老师，郑娜她……”

“郑娜老老实实地做题，你做完了是吧？做完就交！”我话没说完，语文老师就严厉地打断了我的话。

我使劲儿把我胳膊肘往外撑，硬生生地把郑娜挤到了三八线外。

这堂课郑娜再没有越过三八线，但是我的心里还是恨得要命，一下课就和她大吵了起来。

“课桌本来是一人一半的，你把我使劲儿往墙那边挤，想把我挤成照片是不是？”

“对、对不起，我也不是故意的……”郑娜脸红了，但我不能就这样轻易地让这件事过去了。

“对不起就可以了吗？以后谁都不能越过三八线，”我恶狠狠地对她说，“谁超过了谁就是猪，老肥母猪！”

“不行，是小瘦公猪！”郑娜听出了我在暗讽她胖，也不示弱地还击，仅存的那一丝愧疚也荡然无存了。

“哈哈……”周围的同学听到我们吵架，笑得前仰后合。

“笑什么笑？”郑娜怒视着那些笑的同学，又将这目光由他们转向了我，“你不准我超过三八线，你也不能从我这边过！”

需要给各位读者解释的是郑娜和我同桌，我依墙而坐。她呢？当然在外面“保护”我了。我要进入属于我的“领地”，原则上就得通过她那道“封锁线”，但我这人就是不走寻常路！不让走你那边，我不会钻桌子底吗？所谓大丈夫能屈能伸，不就这个意思吗？

“不走就不走，谁怕谁！”

从那以后郑娜格外注意，她那肥胖的身子再也没有越过“国界线”，我的“地盘”也“宽裕”了起来。

我总是当着郑娜的面从前排或者后排的桌子底下钻到自己的位子上，这对于身材“娇小”的我来说是再简单不过的事，但如果让郑娜这样做，一定非常滑稽。

脑海中闪出个念头，如果我们互换下位置，那该多好啊……

钻桌子底到底不是多么光荣的事，我又想起了一招——从桌子上迈过去：腿一抬，迈到桌子上，另一条腿一蹬地，借势将屁股在桌子上一扭，再一抬，双脚着地，很顺利地就坐在自己的位子上了。为了动作的熟练连贯本人还偷偷地到操场上练“山羊”，功夫不负有心人，这个动作我做了大约两周就很完美了，整套动作做下来绝对不会超过两秒钟，我也觉得自己的形象高大了不少——除了一次不小心撕坏了裤裆，另外一次被后面桌面上的一个暗钉把裤子扯了个大口子。

当然，我也会耍点儿小花样。下课了，有时我也会磨磨蹭蹭地收拾课本、文具什么的，等郑娜前脚迈出教室的门，我眼疾手快地“噌”的一下子从她的位子上蹿过去。那种感觉既有害怕被发现的担忧，又有没被逮着的兴奋。

不知是我得罪了谁，还是郑娜的哪个“死党”将我的这个秘密告诉给了她，那天我眼瞅着郑娜出了教室的门，扶着她的位子就走了出来，手还没来得及离开桌子呢，就见门口站着一个双手叉腰的胖女生，她瞪着我，一句话也不说。

“郑娜……”我不明白为什么自称“天下第一辩才”的我说起话来竟结巴了，我更不明白为什么我会叫她的名字，还吞吞吐吐的。

郑娜目不斜视地走到了我的旁边，不知道什么原因，在这几秒的时间内我竟然不知道把手抽回来毁掉“作案”证据。

“好一只可怜巴巴的小手啊……”郑娜拿起我的手，故意装作可怜的样子，“我说江小北，你是怎么过来的啊？”

“我就是从你这边过来的，怎么着吧？”我头仰得高高的，趾高气扬地抽出自己的手，一副“既来之，则安之”的神态，“你怎么着吧？”

“我能把您怎么着啊，谁敢把你怎么着啊！”郑娜一副努力思索的神情，过了好半天才说，“怎么说的来着？谁超过了谁就是猪。对，猪！小瘦公猪！江小猪！”

“你……你！”我气得话都说不出来了。

这还不是最令人尴尬的。

二

本来我是一个思维活跃，上课爱回答问题的好孩子，可是自从和郑娜发过誓后就俨然变了个人，站起来回答个问题还好，要是上讲台领读或者默写啥的可怎么办？所以，我就一直低着头不举手，老师也就不怎么叫我。

可是，语文老师隔三差五地会出一些难题考一考我们，我是班里公认的语文“专家”，能写一些连老师都看不懂的诗歌。

上次试卷考得比较简单，普遍考得较好，那天核对完试卷后，语文老师照例要考一考我们，在黑板上写了一首猜字谜的诗——

天鹅飞去鸟不归，回峰山中我独醉。
良辰美景斜眼看，孤独寂寞深深埋。
日夜花草为依伴，青春虚度苦不堪。
此番招罪为哪般？有朝一日兄台来。

这种藏字诗说难也不算难，拆字并重新组合，便能发现其中的玄机。可是上去了五个同学都没做对，老师有些急了，见没人再举手，最后将目光定格在我身上，我忙低下头用余光瞥了眼语文老师。

“江小北，你上来试一试吧……”语文老师根本不理会我低头，还是点到了我的名字。

“老师，我，我……不会……”爸爸妈妈从小教育我不要撒谎，我支吾了半天还是说了假话。

“老师，江小北早就做出来了。他的答案好像是‘我虽很穷，但有骨气。’”

又是郑娜，这个多嘴的家伙！

“人，要有自信！”语文老师哪里知道我和郑娜的事，还以为我信心不足呢，在一边给我打气，“你的答案是对的，你上来给大家解释下吧！”

看来是逃不掉了，我把凳子往后一挪，低头就要往桌子底下钻。

“你要找什么？先上黑板做题。”语文老师喝住了我，有些生气地催促道，“快点儿啊，再有几分钟就下课了。”

郑娜识趣地把凳子往前挪了挪，我很不情愿地从她身后走了出去。我想，下课后，她又要喊我猪了。

可是，下课后郑娜并没有嘲笑我。相反地，她说：“我们和好吧，以后你还是走我这里吧！”

我有心妥协，但是嘴上还是很无所谓地说：“你随便，反正我爱钻桌子底。”

“你，你……”郑娜气得竟然趴在桌子上哇哇大哭。奇怪的是，我并没有因为将她气哭而产生丝毫快感，我觉得自己这样做太小气了。

我坐在位子上茫然不知所措……

郑娜的好朋友谢桢过来安慰她，手刚触到郑娜的头就“哎哟”一声说：“头好烫，快点儿去叫老师。”

不知道谁把语文老师叫来了，语文老师一摸郑娜的头，吓了一跳：“怎么这么热？”背起郑娜就朝学校医务室跑。我也跟着一起进了医务室。

医生给郑娜打了退烧针，还给她身上擦了酒精降温。医生给郑娜打针时，语文老师打电话把郑娜的爸爸也叫来了。

郑娜爸爸见女儿退烧了，拉着语文老师出去嘀咕了一阵子，就领着郑娜走了。

语文老师的脸色一直阴沉沉的，我做足了挨训的准备。

语文老师的手抬起来了，我的心跳顿时开始加速，不会打我吧？

那只一巴掌可以把我打晕的宽大的手，轻轻地放在了我的头上。是的，轻轻地放在了我的头上。

疑惑、感动、宽恕、忧伤……无数的词语从脑海中闪现。

“回去上课吧！”语文老师说完，便走了。

第二天，语文老师转交给我一封信，竟然是郑娜的，我不由得好奇地看了起来——

可恶的江小北：

用这个词来形容你没错吧？

首先告诉你一件对你来说或许是好事，但对我来说未必是好事的事情，昨天我发烧并不是因你而起，你可以放宽心，少些愧疚与自责。

一年前，我被检查出脑子里住进了一些小动物，准确点儿说是病毒，一种连医生也不大清楚的新型病毒。这种病毒经常使我头晕目眩，浑身发热。我只能靠吃抗生素类的药物防止这种病毒的进一步扩散。

这是我变胖的原因，相信你知道事情的真相后不会再嘲笑我为“老肥母猪”了。

我总是以身高、体重的优势欺负弱小的你，迫使你只能爬到自己的位子上，甚至钻桌子底过去。我知道这一定会给你带来很大的伤害。临去北京前，我给你写了这封信，让语文老师转交给你。一来不希望你因这件事担心害怕；二来向你道歉。

听说最近北京某医院研制出了能克制这种病毒的药物，我去北京治病，请你也为我祈福吧！

等我回来，不知道你还愿意跟我同桌吗？如果可以，你就坐在外面吧！

……

我又看到了课桌上的那条“国界线”，我用手使劲儿地擦，试图将它擦掉，这时才发现，它已经深深地刻在桌面上。我只愿将这个印记永久珍藏在记忆的深处，守候着这条永恒的“国界线”，等她回来。

坏孩子江小北

江小北的妈妈接到胡老师的电话时，正在公司给下属开会。胡老师说："你来趟学校把小北领回家吧！"

小北妈一听胡老师的话，心都凉了半截：小北一定又给她惹祸了！自从和小北的爸爸离婚后，她把全部希望都寄托在小北身上，可是小北总是让她失望。小北在学校里的确是有些"名气"，可是那都是些啥名气啊？偷偷地在语文老师背后贴上"大家看我帅不帅？"的纸条，语文老师这么一个年轻的小伙子在大街上转悠，引来无数的目光，当一个陌生的女孩儿儿从他身上扯下这纸条时，语文老师满脸通红，不知说什么好。数学老师曾经批评过小北一顿，他不服，用圆规给数学老师的摩托车放了气，数学老师推着他那摩托车走了200米的路去修车，补完车胎打气却仍不见车胎隆起，修车师傅卸下来重新检查了一遍：好家伙，一个小小的轮胎上，竟然有26个针眼！26个针眼啊，请闭上眼睛想象一下数学老师濒临崩溃的样子吧。

小北妈在胡老师的办公室里见到了那个脸上、衣服袖子上都是血的男孩儿子。她看到他第一眼就吓着了；这孩子怎么流了那么多的血啊？谁下手这么狠啊？她暗暗忖度，但是她没敢把这些话说出口，她想万一是儿子小北打的呢？

世间的事情往往就是这样，你越怕发生的事情它往往就越可能发生。小北妈颤颤巍巍地叫了声胡老师，胡老师可能真是气坏了，他没理会小北妈，阴着脸朝那个男孩儿子指了指说：“看看你儿子的杰作吧！”小北妈重新看了下那个男孩儿子，脸上有几道手抓的血痕，鼻子可能淌血了，他可能用衣袖擦的，弄得满衣袖都是血。小北妈皱了皱眉头，忙掏出纸巾给那个孩子擦脸上的血。

“你看怎么办吧？”胡老师的气还没有消，仍是冷冷地问小北妈。

“胡老师，您看事情都这样了……”小北妈故意停顿了下，想看胡老师的反应，可是胡老师啥都没说，她只好接着说下去，“花多少钱我们都赔。”

“赔钱？仅仅赔钱就能把事情解决了吗？”胡老师有些气愤，“这不仅仅是钱的问题，我看你还是把江小北领走吧，爱上哪上学上哪上！”

小北妈也有些气愤：不就是孩子打架吗？我们家小北是爱惹是生非，可也不至于把小北赶走吧？她虽然这样想，但毕竟是小北把人家孩子打成这样，她还是赔着笑脸说：“胡老师，那您说该怎么办？”

胡老师显然没料到小北妈会把这个问题推给他，他愣了片刻说：“先把江小北叫来问下情况吧！”

江小北进了办公室，小北妈照着他的屁股就是两脚：“叫你天天给我惹事，你还嫌我不够忙吗？快点儿给胡老师认错！”小北妈故意踢了小北两脚，她没真踢，她是在胡老师面前做样子：胡老师，你看吧，可不是我不教育孩子，我总不能天天跟着孩子吧？孩子到了学校，就是把孩子交给你们了。江小北歪着头，就是不正眼看他们。

胡老师识破了小北妈的心思："行了，行了！江小北，你说说是怎么回事吧！"

江小北还是歪着头不说一句话。

"快点儿给胡老师认错……"小北妈催促着。可江小北就是歪着头不说一句话，眼泪在眼眶里打着转。

"你把罗特生打成这样，怎么你还觉得委屈了？"胡老师故意挖苦江小北，"无论是什么原因，你把他打成这样都是你不对！"

"你为什么打他啊？"小北妈看到儿子委屈的样子，有些心疼地抚摸了下他的头。

"他说我是没有爸爸的野孩子……"江小北话还没有说完，泪水就汹涌而出。

"你这样说过吗？"胡老师瞪大了眼睛问那个男孩儿子。

男孩儿子显然没有意识到胡老师内心的变化，振振有词地说："说了又怎么了？又不疼又不痒的。他还把我的脸抓破了，把我的鼻子打出血了呢！"

"你给我闭嘴！"胡老师勃然大怒，"你先给江小北道歉！"男孩儿子有些不情愿，胡老师一脚踢在他的屁股上，他不敢再吱声，给江小北道了歉……

事情过去了还不到一个星期，小北妈又接到胡老师的电话。胡老师说："你来趟学校吧。"

小北妈说："那个男孩儿子我们不是赔钱了吗？怎么还去？是不是想讹人啊？"

小北妈在胡老师的办公室里并没有见到那个男孩儿子和他

的父母，她只看到一个哭哭啼啼的女孩儿子，一定是小北欺负这个女孩儿子了。

胡老师说："你看看，你看看，你这家长是怎么当的？"

小北妈在心里嘀咕："你胡老师也太小题大做了吧？也没看见这个女孩儿子哪里受伤，至多是吵架，至于让我来一趟学校吗？我丢不起这人！"

胡老师干咳了两声，对身边哭泣的女孩儿子说："小陆，别哭了。你先回去吧！"

叫小陆的女孩儿子走后，胡老师递给小北妈一张纸条，说："你自己看看吧。"

小北妈接过纸条，原来是一封信——

程小陆：

你灿烂的笑容和爽朗的笑声是那么自然，你是一个快乐的女孩儿子。而我，心中总有一些说不出的苦恼，真希望能和你成为朋友，把心里的话悄悄地向你倾诉。

……

小北妈看着看着忍不住笑出了声。

胡老师生硬地说："你还笑得出来！"

小北妈忙把笑容收回去："这不会是我儿子写的吧？"

"可别低估了你家小北！"胡老师边说边把江小北的作业本递给她核对。小北妈拿着作业本和信一对比，脸色立即就阴了下来："这么小就开始追女孩儿子了，怪不得学习这么差，原来心思都花在这上面了！"

“这孩子我已经教育过他了，作为家长你也得配合我们的工作，回家后好好开导开导啊……”胡老师对小北妈说，“现在的孩子发育得早，你得多跟小北沟通，记住，宜‘疏’不宜‘堵’……”

小北妈哪里还记得胡老师的告诫，等江小北放学回家后她把那封信啪地摔在江小北房间的桌子上：“这是怎么回事？”

小北只扫了一眼，脸便唰的一下红了，别看他平常大大咧咧，甚至和别人打架，但在他心灵的最深处也有他自己的秘密，而这个秘密他只想与一个叫程小陆的女生分享。他向来天不怕地不怕，但是这种想法在他的心里闪现之后他就忐忑不安，那是一种从未有过的感觉，莫名的恐惧伴随着甜蜜的渴望。

他把自己反锁在了房间里，躲在被窝里打着手电筒用了整整一个晚上写了这封信。他早就计划好了多种方案把这封信给程小陆：课间操的时候，故意在教室里磨蹭，等同学们都上操去了，他把信偷偷塞到她的文具盒里；向她借一本书，还的时候，把信夹在书里；把信放在学校某个位置的方砖下，告诉她具体位置……小北也想到了可能发生的几种情况：程小陆收到了他的信后，找到他表白……当然这最好不过。再有就是程小陆看不上他，把信撕了当作啥都没发生。还有一种就是程小陆拿着信找老师，但是这种概率比较低，因为面对这种事程小陆也可能会害羞。

由于当时一激动，江小北把信往程小陆的桌子里一塞就逃了出去，他没想到那封信竟然从桌子里滑到了地上，他还没想到那封信被上操回来的同学发现了并争相传阅，他更没想到这件事惊动了胡老师还引来了他的妈妈。

“这是你写的吧？”小北妈瞪着江小北，眼睛里都是怒火。

“……”

“怪不得成绩这么差，心思都花在了女生的身上了啊……”小北妈越说越气，最后竟哭了起来，“你这没出息的东西，你说我天天在外面忙，拼命赚钱给你买吃的买喝的供你上学，你怎么这么不争气？”小北妈说着就给了江小北一巴掌，江小北顿时觉得脸上像被火烧了一下似的，他没想到妈妈下手竟然这样狠。

脸上火烧火燎的，他恨妈妈竟然对自己下这样重的手。她给他买最好的衣服，最喜欢吃的东西，给他许多的零花钱，她想让他好好学习，为她争光，可是除了考试成绩，她什么时候倾听过他的心声？他不稀罕那么多的钱，他只想找个知心的朋友，说说自己的苦恼。可是她想到哪里去了？

江小北拉开门“啪”的一声又关上——人已经走了出去。小北妈一愣：“你走？给我滚得远远的，别再让我看见你！呜呜……”

江小北出了门就后悔了，自己这样出去要到哪里？出来得匆忙，身上一分钱也没带。爸爸家是不能去了，他已经有了新的家庭。爷爷奶奶家也不能去，那样太容易被找到了。同学家也是，同学一定会告诉老师，而妈妈也一定会找到老师那里。最危险的地方也是最安全的地方，何不躲在楼下的储藏室里？里面东西多，藏个人根本没问题，而且他口袋里正好有储藏室的钥匙。

蹑手蹑脚地开了储藏室的门又反锁上，从外面看，门是锁着的根本猜不出里面有人。江小北把一个放电冰箱的大箱子放倒在角落里，上面又胡乱放了些东西做掩饰，他钻进去躺下。虽然比不上家里的床舒服，但是将就一夜还是没问题的。

……

江小北被一阵杂乱的脚步声惊醒了："小北，你在哪里？别吓唬妈妈……"这是她的声音，虽然有些嘶哑但是他还是听了出来。他从箱子里探出头，储藏室的门虚掩着，她一定进来找过他，但是并没有发现他。他暗自庆幸自己昨晚的聪明。

"小北，小北……"江小北想：你就找吧，我就是不出去，我要让你知道我的厉害。谁让你打我呢？

江小北就在储藏里的那个大箱子里躲了一整天，他不敢出去，怕被别人发现。其间，他听到了各种各样的声音。有爸爸的叹息声，有奶奶和妈妈的争吵声，还有妈妈的哭声。他真想出去大声对他们说："你们真没用，我就在你们的眼皮底下，这么多人找竟然都找不到。"但是他没出去，他觉得就这样出去了太没意思了，他要让他们知道他的厉害。

终于熬到了晚上，口渴得厉害还有点儿饿，江小北找了半天竟然从一个小红布包里发现了两包饼干，这一定是妈妈喝喜酒的时候人家给的。平时他哪会吃这个啊，可现在不同了，他要给她点儿颜色看看。他把半包饼干消灭掉了，肚子不饿了，可是口渴得更厉害了，他记得他们小区的草坪上有个自来水管，他以前还在那里玩过水。

月光铺洒在大地上，那些不知名的虫子在草丛里叫个不停。夜，可真静啊！江小北悄悄地从储藏室里钻出来，他顺着墙脚朝有自来水的草坪移动。

江小北找到了那个自来水管，轻轻地扭开，水哗哗地流了出来，江小北低下身子，歪头就把嘴靠近了水龙头……

一道柔和的光在这个静谧的深夜透过窗户照进了江小北的心里——那是他家的灯光。他忘记了自己在储藏室里发过的至少藏三天的誓言。他用最快的速度朝家里跑去。在门前他却停住了——他不知道进还是不进。饥饿、气愤、羞耻、悔恨一股脑都涌进了身体，他觉得真累，他觉得要摔倒了。

手轻轻地触到门，它悄无声息地开了——门一直没锁！

江小北看到那个他恨了很久的人，她趴在桌子上睡着了，脸上还挂着泪痕。她手里拿着一张纸，一定是那封给他带来羞辱的信，他一定要把它撕个粉碎！

他走过去，把信从她的手里轻轻地抽了出来，他惊呆了——不是那封信，而是一张照片，确切地说是他和她的照片：蹒跚学步的他，张着双臂要她抱，而她倒退着，也张开双臂，与他保持着半米的距离，笑逐颜开……

他扑通跪倒在她的面前，泪水汹涌而出。

文弱女老师的“撒手锏”

我们五年级三班可是学校里最有名气的班级了——出了名的难管。上课纪律涣散，成绩永远在学校里当地基。当地基有什么不好？没有地基，摩天大楼怎能拔地而起？没有我们五年级三班垫底，其他班又怎么显出自己的优秀？只要我们班在，其他老师永远不会害怕他教的班会得到地基的宝座。

尤其是江小北，更是人见人怕的刺儿头，绝对可以称得上学校里的老大。我们一伙人紧密团结在以江小北为领导的班集体周围，同心协力，到处惹是生非。老师换了一个又一个，唯一不换的可能就是他们被我们气跑之后说的一句话：“你们班没治了！”

没治了的班级谁还敢来？学习成绩上不去，班级让我们搅得一团糟。真的是校长不喜，家长不爱啊。

五年级下学期学校新调来了一些老师，听说竟然有人主动提出要教我们班，而这个人竟是一个年轻的叫胡尘若的黄毛丫头。她不但要教我们语文还要当我们的班主任，呵呵，不气得她哭鼻子才怪。

第一节课，我们都中规中矩地听讲，毕竟是刚开始，老师的脾气摸不透。只有江小北，东张西望个不停。老实说，这节课她讲得还不错，还设计了许多有趣的游戏。她提问时，一个一个地叫，每个人都有份，一个也逃不了。我和江小北坐在最后一排，说不准下次就叫到我们这排，所以每个人必须老老实实地听。

真的叫到我们这排了，胡老师说：“往北，往北。”不一会儿就轮到我了，我的回答竟得到了她的称赞。

然后老师又提了个问题。我们都在暗自高兴：看江小北怎么让你出洋相吧。我斜瞄了一眼江小北，他一副胸有成竹要戏弄胡老师的样子。

但是，胡老师并没有叫角落里的江小北回答问题，而是转到了另一排。

这不明显是对“老大”视而不见吗？“老大”一定很生气。果然，下了课老师一走，江小北拿起自己的书狠狠地摔在了桌子上，什么话也没说……

一连四天，班里的所有同学都被胡老师多次提问了，唯有江小北——每次轮到他的时候，老师总是换到别的排。

老三唐杰说：“老大，老师是不是对你有意见，存心整你？”

江小北脸一沉：“谁稀罕她叫，我又不是不会！”说这话的时候，我发现江小北的脸色很难看，我知道江小北很失落。因为以前还有我们一群弟兄和他一起被老师冷落，而现在只剩他一个人。他其实也想让老师多注意他，一直都是。看到连我们这些淘气鬼都被提问到了，他甚至有些欣喜，他想老师一定也会注意到他，但老师非但没有注意到他，还故意不理他。这让他很失望。

江小北火气很大地说：“是兄弟的，明天上课就别回答她的问题！”

下午放学的时候下雨了，我们几个没带雨具的想等雨小了再走，谁知雨非但没小还越下越大。同学们都陆续地走了，最后只剩下我和江小北。

天越来越黑了，妈妈也骑车把我接走了！

江小北的父母不会来接他的。他的父母早在一年前就离婚了，谁也不要他，他和他的爷爷住在一起。

江小北还是被人送回了家，送他的人不是别人，而是胡尘若。那个对江小北不闻不问的女班主任。

她从办公室出来的时候见教室的灯还亮着。她跑过来问："这么晚了你怎么还不走？"

江小北狠狠地说："不用你管！"

她拉过江小北的手说："是不是没带伞？我送你回家。"

不容推辞。江小北不想和胡老师靠得太近，就往外面移。胡老师怕淋湿了江小北就把伞一次次往他那移。

他一次次地移身子，她一次次地移伞，结果不一会儿两个人全淋湿了。

胡老师干脆把伞收了起来，温和地说："江小北，你是不是对我有意见？"

"是！你为什么不让我回答问题？你根本就瞧不起我……"

"江小北，班上的同学都叫到了，唯独没叫你。四天了，到你那儿就绕过，你认为这是我不关注你吗？恰恰相反，我故意不叫你，只是想让你尝一下被人忽视的滋味。我对你最忽视的同时也是最关注的，你很有天赋，为什么要自暴自弃呢？"

江小北欲言又止，他事先想好了许多对付胡老师的话，但他没想到胡老师竟然能一下子就击中他的软肋，他没有想到胡老师那么关心他。

他想说什么但什么也说不出，所有委屈都无法言说，但他又喜欢这种无法言说的感觉——一切都没必要说了。

在这个世界上还有人在关注他啊，很久以来他都不曾记得爱是怎样的一种幸福。他记忆中更多的是否定与斥责，冷眼还有旁观。

沉默。天黑了，有丝丝的凉风。

江小北什么也没有说，在这个世界上，此时此刻很温暖。

江小北第二天召集我们撂下一句话："以后，谁上课不好好学，故意捣乱，别怪我不客气！"

这句话是江小北咬着牙根儿说出来的，他的脸上挂着泪花。听消息灵通的人说，昨天胡老师一直把江小北送回家。在江小北和他的爷爷住的那所破旧的房屋里，老师待了很久……直到夜幕笼罩大地，胡老师瘦弱的身影才渐渐隐没在连绵不绝的雨幕里……

以后发生的事恐怕连江小北也始料不及。每天下午放学后，江小北抛开我们，单独行动，屁颠屁颠地去老师的办公室，不知是去喝茶还是吃小灶。期中考试的时候，江小北的成绩冒了个大大的泡，总分排入班级前十名，胡老师任命他为我班的纪律委员。再上课的时候，没有一个人敢再胡闹。江小北像换了一个人似的扎在书堆里，课下领着我们同教师队在篮球场上打比赛（文静的胡尘若老师是我们忠实的拉拉队队员）。我班的学习成绩一路飙升，在全学校名列前茅。这一切，确实令全校师生大跌眼镜。

自行车后座上的青春

一

上课了，胡老师后面跟着一个陌生的女生，身体瘦削，脑后梳着一条乌黑油亮的辫子，格外引人注目。她羞涩地低头摆弄那双竹节般细长的手指。胡老师说：“这是新转来的同学，何若兮。希望大家能多多关照她……你跟同学介绍一下自己吧。”

她原本黝黑的脸因羞涩而红了起来，她说：“我叫何若兮，从崖头转来的。”

讲台下一阵窃窃私语。谁知道崖头是个什么地方啊？何若兮，这名字倒是不错，可是看她那身衣服，怎么都和她的名字不相配。

谁要是和她同桌可就倒霉了！这个念头刚在脑中闪过，胡老师就问了：“哪位同学愿意和何若兮同桌？请举手……”

刚刚还昂首观望的同学们顿时焉儿了，个个头埋在桌子上，眼睛低垂着。我四下一看：就我抬着头东张西望。一想到和这个乡下来的小丫头同桌，我也赶紧把头低下来，并在心里祈祷：可千万和别我同桌啊！

胡老师又提高了音量：“谁愿意和何若兮同桌？”

教室里一片安静，没有一个人举手或者示意性地动一动，就连公认的“话篓子”江小北也装作什么都没听见似的低着头。也难怪大家如此，谁愿意和一个土掉渣儿的人同桌啊？

何若兮显得很尴尬，愣愣地站在那里。全班同学没一个愿意和她同桌，这让胡老师有些意外。他看着我，微笑着说：“安泉，你是班长，是老师的小助手，给大家做个表率好不好？”

天啊！不是让我和她同桌吧？！

“好！”心里本来很不愿意，但老师这么说我只得同意了。

“安泉，你没什么意见吧？”

“没有！”全班同学抢在我前面大声齐喊，头也都在瞬间抬了起来。

狂晕！和我关系好也不用这样整我吧？

二

或许是初来乍到的缘故，何若兮显得很内向。她从不主动和别人说话，至多是露出她洁白而整洁的牙齿，那是她在冲你微笑，浅浅的。她似乎更喜欢一个人独处，或看书或写字或趴在桌子上小憩。

和她熟了一些之后，便和她聊上几句：“何若兮，老是学习也并不见得学习就好！出去玩玩吧！”我就是一个很好的例子。下课后我就疯玩一阵，踏着铃声满头大汗地回去上课。而我的成绩永远都是第一，没人能超越我。

她仍只是微笑着，露出两排洁白而整齐的牙齿。

因为家远的缘故，很多同学就在学校吃午餐。放学铃一响，我们就冲出教室，乱哄哄地朝餐厅飞奔。没有一个同学见过何若兮去餐厅买过饭。

到餐厅吃饭的同学全部离开教室后，她就低头掏出她的书包，那里有个食品袋，袋里装着两个煎饼。她就吃几口煎饼，喝一口自带的白开水。她吃饭的速度极快，别的同学还没回教室她就把两个煎饼吃完了。然后又趴在桌子上做作业。他们一回来，就会问："何若兮，这么用功连饭也不吃了？"

她微微一笑，露出洁白而整齐的牙齿，说她吃过了。

没有几个同学见过何若兮吃饭。

江小北对何若兮吃什么很好奇。那天中午放学后，他没立即冲出教室，而是故意在桌子上写着什么。教室里快没人了，他发现何若兮往后看了看，犹豫不决地掏出煎饼吃了起来。江小北一看机会来了，胡乱找了道数学题走到何若兮的面前："何若兮，这道题怎么做啊？"

何若兮被吓了一跳，支支吾吾了半天憋出了一句话："我也不会。"

江小北说："你吃的什么啊？我看看。"没得到何若兮的允许，就把她的煎饼拿在了手里，他一看，是一根切开了的火腿肠和一些切成细丝的咸菜。何若兮没想到他会这么做，生气地说："给我！"

江小北并没有把煎饼还给何若兮。不但没还，还说了句很伤人的话："这年头谁还吃火腿肠啊……"

何若兮一把抢过来她的煎饼，然后重重地摔在江小北的身上，趴在桌子上呜呜哭了起来。

江小北摸摸发疼的身体想：难道我说错了什么吗？

三

煎饼事件后，何若兮又恢复到了初来时的状态，甚至更加的冷漠。只是她中午吃饭的地点由教室转移到了操场。

好奇随着时间的流逝减少了，这是自然发展的规律。对于何若兮，我们也没有了最初的好奇。她仍是梳着一条乌黑油亮的长辫子，仍是沉默如斯。

何若兮重新成为我们讨论的焦点是在期末考试后。

家里的那台电脑网速慢得蚂蚁爬似的，它一直让我有砸东西的冲动，想到爸爸生气的样子，我忍了又忍。妈妈许诺，如果这次考试考第一，就给我买台笔记本电脑。我对好友莫小鲁说："呵呵，笔记本电脑就快到手了。"他说："真的吗？那太好了，到时候到你家玩游戏！"我照他的屁股就是两脚，他哭丧着脸说："兄弟，不就是一台电脑吗，用的着这样激动吗？再说了你就那么确定能考第一？"

考试结果终于出来了，胡老师故意卖了个关子："大家猜猜这次是谁考得最好啊？"

那还用问吗？当然是我安泉了，我可是班里公认的最好的学生！

"安泉！"大家的意见很一致。

"是吗？"从来没见胡老师这样啰嗦过。

"是！"我有些飘飘然了。我的电脑就要到手了，哈哈。

胡老师没有再说下去，只是发给每人一张成绩表。我一下子就看到了自己的成绩，295，呵呵，真棒！张凡，283，还可以。江小北，234，哈哈，整天就知道玩，所以分数不高。我接着看，莫小鲁，287，不错。何若兮，297，啊，不会吧？我的头瞬间大了起来，再看她的分数，语文98数学99外语100，没错啊？

"老师，"我立马站了起来，"何若兮的成绩怎么这么高，是不是给弄错了啊？”胡老师诧异地看着我：“没有，她就考了那么多！”所有同学都张大了嘴巴愣在那里。第一怎么会是何若兮呢？原来何若兮比安泉学习还要好啊！

我恨透了何若兮！她不但让我拥有笔记本电脑的美梦终成泡影，还让我在同学心目中的形象大打折扣。最为可恶的是江小北，他老是拍着我的肩膀冷嘲热讽地问：“大班长，你说她怎么就这么厉害呢？”

说完嘿嘿地奸笑而去。真气人！

四

考试事件发生后，大家对何若兮刮目相看。而我在同学们中的地位也没受到多大的影响。只是凭空来了个旗鼓相当的对手，给我造成了很大的压力。上课再也不敢三心二意了，无论是做作业还是考试，都更加认真。下课见何若兮仍在读课外书，本来打算出去疯的我也做起了老师布置的作业。我和何若兮的成绩也是不相上下，这次她第一，下次就是我第一。老师在大小班会上都要拿我俩做榜样：“你看安泉和何若兮两个人，较着劲儿地学习，每次考试，不是他第一，就是她第一。再看看其他人，上课不积极发言，下课了就满校园里乱嚷嚷……”

值得骄傲的是，我能言善辩，在市里组织的中小学生演讲比赛中拿过奖，在学生会担任副主席，还是红领巾广播站站长。何若兮虽然成绩和我不相上下，但是其他方面就无法和我比了。

六年级王涛的弟弟得了白血病，全家倾家荡产仍然凑不够治病的钱，学校号召全校师生献爱心，救助王涛的弟弟。我班的同学纷纷你三元我五元地拿出自己的零花钱踊跃捐款，班里的“大富豪”庄肃刚一下子交了100元。谁也没想到平时连到餐厅吃饭都舍不得的何若兮也会捐款。当何若兮从书包里拿出一塑料袋的钱走到讲台交给胡老师时，所有人的目光都跟随着何若兮。胡老师接过沉甸甸的塑料袋，问：“都捐出去吗？”何若兮没有说什么，只是点了点头。

胡老师把塑料袋里的钱呼啦一下子倒在了讲桌上，硬币、一元、五元地分了好几类，然后一堆堆地数，数完一堆，在本子上写个数，再数完一堆，再写个数，足足数了有五六分钟，胡老师笑了，终于数完了。

最后老师核对每人捐款的钱数，捐款最多的不是“大富豪”庄肃刚，而是何若兮，她那一塑料袋子总共有173.6元。当胡老师报出这个数字时，所有人都震惊地发出了“啊”的声音。

胡老师说：“大家都是一群富有爱心的孩子，每个人都拿出了自己的零花钱帮助王涛的弟弟。尤其是何若兮同学，大家知道，她家里并不富裕，可是却捐出了173.6元，这些钱没有一分钱是她向家长要的，都是她几年来的零用钱。我们全班都应该向她学习！”

掌声里，“大富豪”庄肃刚大声问：“老师，我还想捐，可以吗？”

“可以！爱心永远没有截止日期。”

“老师，你先替我垫上100元，明天就还你……”

“哈哈……”笑声中，我看到现何若兮眼角的泪花。

五

我家所在的小区附近新开了家豆腐坊，老板是一对老实巴交的农村夫妇。所谓的豆腐坊不过是租的一间小屋。小屋外搭了间小棚。里面住人，外面做豆腐。刚出锅的豆腐滑溜细嫩洁白似雪，用切成小块的豆腐蘸调好的辣椒汁，可以让人吃得满头大汗仍不肯放下筷子。赶早到这里吃热豆腐的人排成了队，他们连外出吆喝都不必了。

我是一个生性懒惰的人，睡到七点才匆匆起床，饭也不吃就往学校赶，所以很少能吃到那里的热豆腐。实在馋了才会早起美美地吃上一大碟。

我是去过许多次后才知道那家豆腐坊竟然是何若兮家开的。那早去吃豆腐，坐在小凳上只听身后一声："您要的热豆腐。"觉得耳熟，抬头一看，竟然是何若兮！我把耳机从耳朵上拿下来，问："你在这里帮忙？"她显然也没有想到会在这里遇见我。她的脸憋得通红，半天才结结巴巴地说："这就是我家开的……"然后就跑进屋里去了。

她每天早晨三点就要起来帮妈妈烧火做豆腐，然后招待早早来吃热豆腐的人，七点多就匆匆往学校赶。她的妈妈告诉我这些后，我忽然就想到了何若兮每天早晨汗涔涔的脸颊，也忽然明白了她的自卑，亦明白了她每天躲在操场吃煎饼的窘迫。

以后每天的清晨，豆腐坊里多了一个帮忙的男孩儿子，他和一个梳着长辫子的女孩儿子欢快地给每一个来吃饭的人端上一碟冒着热气的豆腐。七点的时候，男孩儿子会骑着自行车载着女孩儿子，迎着朝阳行驶在上学的路上……

戴耳钉的男生和胆小的女班长

方嫣然：戴耳钉的男生

班主任贾老师后面跟着一个瘦而高、眼神忧郁的男生。

“江小北同学刚从城里转到我们这里……”贾老师介绍新同学。大家的眼睛齐刷刷地看着这个新来的同学。

“啊……”许多女生禁不住发出了这种声音。我觉得好笑，不就是个有些帅气的男生吗。用得着这么大惊小怪吗？

后面的胡晓鹃拽了拽我的衣服。我正生气呢，回头瞪了她一眼，没好气地小声问道：“干什么？！”

胡晓鹃用左手遮住嘴巴，小声对我说：“你看看他的耳朵……”

我一看不要紧，竟然“扑哧”一下笑出了声。他的左耳上竟然有个耳钉！同学和老师的目光立即来了个大转移，唰的一下子就聚到我的身上。江小北的眼睛也直直地盯着我，眼里含着怒气。我知趣地低下头，许久不敢抬起来，心里却并没有停止活动：哪有男生戴耳钉的？变态的家伙！

“方嫣然，江小北同学是新来的，对咱们学校不熟悉，你是班长，就和他做同桌吧，要多帮助他啊……”贾老师竟然没经过我的同意，就强行安排我和这个变态的家伙同桌！

我什么话也没说出来，江小北就来到了我的旁边。“请班长多多关照！”我挪了挪凳子，没搭理他，算是对他不请自来的惩罚。他尴尬地坐在我右边的空位上。

虽然冷落了他，但是心里还是不解气，偶尔侧头看到他那闪光的耳钉，我就有种给他扯下来，再照他的脸来几拳的冲动。

江小北，有你好看的，看我回头怎么整你！

江小北：那双不屑一顾的眼睛

我随妈妈转到了姥姥家，就近在这里的一所农村学校读书。贾老师领我进了教室。当贾老师介绍我时，我看见几乎所有同学都在看我——唯独那个女生。

她只瞟了我一眼，然后就看自己的书去了。那不屑的眼神里也有好奇，她后面的女生嘀咕了几句后，竟然看着我，忍不住笑出了声。那笑声里似乎满是嘲讽，真让我难堪。

末了，贾老师竟然安排我和她同桌，还让她多帮助我。谁稀罕？

难怪这么不可一世，她竟然是班长。

我礼节性地向她问好，客套地请她多多关照。她竟然连理都不理我。真不知道是哪里得罪过她？这分明是我们的第一次见面。

看来以后的日子不会好过，和一只母老虎同桌，时刻都有被“咬”一口的危险。常言说得好“老虎的屁股摸不得！”，惹不起她，咱躲着她还不行吗？

还是后面的女生热情，好奇地向我问这问那，还给我讲起了各个老师的脾气、爱好。其他同学也都过来向我打听城市里的新鲜事。

最后那个叫胡晓鹃的女生指了指我的耳朵，好奇地问：“你一个大男生怎么戴这种东西？”我气呼呼地甩手而去。这都怪妈妈，说什么小时候得过怪病，戴这个辟邪。这件很不起眼的小东西却给我带来了不少麻烦，无论谁见了我都像看怪物一样。

可是，谁又会信这些呢？

难不成那个班长是看了我戴的耳钉才笑出了声？

方嫣然：骄傲的差生

我是一直这样认为的，江小北如果学习好的话，是不会调到我们这所农村学校的。他肯定是在原来的学校惹了事，被开除的。学习差也就罢了，他还戴耳钉，一看就是个小混混。

昨天的数学考试成绩出来了，数学老师发了一顿牢骚后，表扬了几个考得比较好的同学。这其中自然是少不了我。

虽然同学们普遍对数学老师怀有恐惧心理，但是我觉得她还是蛮可爱的，只要听她的话，考出好成绩，她就会整天对你笑呵呵的。

我偷偷地瞅了下江小北的试卷。哈哈，竟然才57分，不及格！哼，他能及格才怪。男生还戴耳钉，小聪明都被耳钉扎跑了吧？

我故意把试卷朝他那边靠了靠，让他知道我有多厉害。“93”两个鲜红的阿拉伯数字被写在分数栏里，里面满是青春里的骄傲。

可是，他竟然连看都不看一眼。气死我了！要是有本事你也考这么多啊？学习这么不好，还不虚心地向我学习学习！

江小北：骄傲的孔雀，原来是胆小鬼

爸爸来姥姥家，想接我和妈妈回去。妈妈又和他大吵了一架，

声泪俱下地把他给轰了回去。也难怪妈妈会这样做，本来很和睦的一家，自从爸爸当了单位的部门经理后就慢慢变了，起初爸爸三天两头不回家，后来妈妈在爸爸的身上发现了其他女人的头发。妈妈赌气带我搬到了姥姥家住。

爸妈的事让我的心情糟糕透了。这次的数学考试竟然还不及格。可恶的方嫣然，她竟然还把试卷朝我这放了又放。不就是考得好点儿，被老师表扬了吗？用得着像骄傲的孔雀一样把尾巴翘那么高，大肆张扬吗？骄兵必败！回头有你哭的时候。

老师要求把试卷拿回家让家长签字。妈妈已经为爸爸的事伤透了心，我怎么能让妈妈知道我考了那么点儿分数？

今天下午放学后在教室里做功课，等再抬头时才发现天色已经暗了下来，教室里空空如也，只剩下我一个人。我匆匆收拾下书包，背起了就跑。

刚转了个弯，发现前面有个熟悉的身影，那不是方嫣然吗？她怎么也这么晚才回家？快走几步装作没看见超过她吧，要不姥姥在家等急了。不行！万一她发现了我，要和我一起走那多不好？她可是我的死对头。还是悄悄地在她后面跟着吧。

我紧紧地跟在方嫣然的背后，离她也就 50 米的样子。她似乎也听见后面的脚步声，猛地回头看了一眼。我可没料到她还会回头。急忙朝墙角一靠，也不知道她看见了我没有。

“是谁？”方嫣然的声音都变了，显然她没发现是我。我确定她没发现是我，就故意不吱声。她害怕地朝我这边扔了块石头，见没反应就又向前走去。

她走走就害怕地回头看，为了防止被她认出来，我只好贴着墙根走。她越走越快，我也跟着小跑起来。

不一会儿就听到前面一个妇女的声音："嫣然，怎么这么晚才回来？"那一定是方嫣然的妈妈。我朝左一拐，进了另一个胡同。

"哇……妈妈，后面有个人跟踪我！"方嫣然竟然哭出了声。

我在胡同拐角处差点儿笑出了声，我是流氓？哈哈……

我姥姥家和她家竟然在一条街上，为了不被她妈妈看见，我只好改变路线了。不过，一想到她那狼狈的样子，我就想笑。

哈哈……

方嫣然：惊魂夜归路

下午放学后，贾老师把我们几个班委叫到办公室商量班级建设的事。贾老师比数学老师还磨叽，真怀疑他是不是得了更年期综合征或者话痨？事无巨细，一说就是一个多小时，后来又扯到了江小北的身上。下午放学本来就晚，说着说着天就黑了。可是贾老师还是意犹未尽的样子。我真是恨死了贾老师和江小北。

出校门时天就已经黑了。一个人走在路上竟然莫名地害怕起来。不经意地一回头，竟然发现有个人迅速地朝墙脚躲去。我的头皮一下子就麻了：不会是强盗吧？可是我一个穷学生，哪里有什么可以抢的啊？那一定是流氓！对，一定是流氓，看我一个女生自己走夜路就盯上我了！这样一想，我吓得几乎瘫倒在地，但是意志支撑我不能倒下。我故意给自己壮胆，提高了音量问是谁，但是那人并不说话，我朝他扔了块石头也没动静。

我掉头就走。那人竟然还跟在我的后面。我跑了起来，那人竟也跑了起来，根本无法把他甩掉。

脑子里迅速地想起种种可怕的场景：那人追上了我，拉着我捂住我的嘴，图谋不轨；一棍子把我打晕……我越想越害怕，吓得我出了一身冷汗。

终于在家门口见到了妈妈。浑身的力气一点儿都没有了，我扑在妈妈的怀里，哭了起来……

江小北：对不起

一想到不可一世的方嫣然吓成那样，我就觉得好笑。我真想问问她那晚是什么感觉，但是我还是忍住了。我想：如果这只母老虎知道是我干的话，肯定会把我给吃了。谁能吓唬得了她？

不过，那一晚她肯定吓得半死。要不她怎么在班里收敛了那么多，再也不会对着哪个男生大叫大喊了。

方嫣然，其实，那一晚，我也并不是有意要吓唬你。只是碰巧同路罢了。如果吓着了你，我只能默默地说声，对不起。

不过，以后，我保证不会再吓唬你了——妈妈说，我必须有个爸爸，必须有个家。她原谅了爸爸。明天我就要回到原来的学校了。请允许我，以这样的方式辞别。

方嫣然：你是否还能把我记起？

江小北没说一声就走了。贾老师告诉我们这个消息时，我的心微微地颤了下。

为什么来也匆匆，去也匆匆？

其实，我有许多的话想对你说，只是我从未鼓起过勇气，我骄傲的外表是一颗敏感而倔强的心。其实，我也很崇拜你，你高大帅气，英语说得那么流畅动听，不像我说起英语来满口浓重的地方口音。我一味地讽刺你，那是因为放不下一颗少女高傲、永不服输的心。

那段时间，你不是丢了一张一寸的照片吗？反正你也走了，很不好意思地告诉你：那张照片是我在操场上捡走的，我想留着它做纪念。

古树

一

古树长在一个叫无梁殿的小村子里的中央，古树的旁边是一口老井。老井四周被四块厚重的石碑围起来，形成了一个大大的“口”字。经年的踩踏，使得碑面凹陷下去很多，苔藓塞满了石碑的缝隙。

古树恰如一位疲惫的老人，歪斜着身子，守望着老井。每至盛夏，一股清泉便从老井南边预留的出水口汩汩而出，蜿蜒向西流淌。一群孩子甩着膀子噼里啪啦地踩着水花，来到出水口，低下头便喝。灌饱了肚子，也不管井水有多凉，头直接就伸进了水里，狠狠地擦两把脸，晃晃脑袋甩掉一些头上的水，就往回走，肚子里的水还“咕噜咕噜”地响个不停。

学校就在老井的西边，学校没有院墙，只有五间破旧不堪的瓦房，两个班级占去了四间，剩下的一间当了老师的办公室。抗战时期留下的坦克炮从中间一锯两半，挂起来成了铃铛。轻轻一拉撞锤，“铛铛铛”的声音相当清脆，能传遍整个村子。

下课铃一响，这群孩子便野马一样朝老井奔去。渴不渴先喝两口清凉的井水，洗把脸，挖个小洞在古树旁弹玻璃球。调皮的孩子还会骑在古树上伸直了腿，任其自由晃荡，男孩儿便是其中一个，男孩儿很大胆。古树是歪着往上长的，男孩儿能双手什么都不抓，在古树上面走动，甚至躺在上面，闭上眼睛假装睡觉。

男孩儿觉得在树上的时候，他就像一个男人！上课铃一响，男孩儿会双手环抱着树，从树上垂直落来下。其实，男孩儿觉得之前的自己更“男人”，那时他总是直接从高高的树上跳下来。不巧的是，有一次正好跳到一块石头上了，把脚扭了。男孩儿一瘸一拐地回到家，又被母亲狠狠地揍了一顿。母亲说：“你敢再从树上跳下来，我就敲断你的狗腿！”男孩儿觉得好笑：明明是人，怎么会长出狗腿？不过男孩儿还是不再跳了，那次受伤让他在家足足憋了一个星期。

男孩儿喜欢上学，更喜欢古树！男孩儿甚至还发现了古树的一个秘密。他发现古树的树杈上有一个小洞，男孩儿无意中一抠，树洞竟然越来越大，扣出了一个碗大的洞，竟然还从洞里掏出了一颗锈迹斑斑的子弹头，还有一把木质的手枪。那把手枪制作得非常逼真，上面还给涂上了颜色，枪托上还系着一根红缨。要不是骑在树上，男孩儿肯定会高兴地跳起来。

男孩儿骑在古树上，闭上一只眼，瞄准树上的麻雀，嘴里发出“piu”的一声，手一抖，那麻雀竟然真的以为有危险，吓得飞走了。男孩儿哈哈大笑起来。他端详着手里的子弹头，然后就着衣服擦起来。子弹头有些年头了，上面的锈迹根本擦不掉。男孩儿又跳下树，找了块石头蹭了起来，没几下，子弹头就露出了古铜色。

男孩儿又把木头手枪的枪管部分扣了一个洞，正好把子弹塞进去。男孩儿再瞄准麻雀的时候，就感觉那颗子弹正好从枪管里冲出来。

二

古树发现，天刚蒙蒙亮，男孩儿就骑着自行车匆匆地往村外赶，直到夕阳西下的时候，才有些疲惫地回来。古树想让男孩儿停下来，爬到它的身上给它挠痒痒，可是男孩儿总是来去匆匆。周末的时候，男孩儿终于又出现了，这次他牵着他家里的那头山羊，山羊来到老井旁停住了，伸长了脖子喝水，男孩儿两三下爬到了古树上，躺在树上看起了书，古树认得那本书的名字：海子的诗。

山羊喝足了水，抬头发现主人不见了，撒腿就跑。男孩儿在树上喊："回来！"山羊转了几圈，总算发现了树上的男孩儿。山羊前蹄抬起搭在古树上，也想爬上去，可惜试了几次都失败了，索性悠闲地躺在树底下反刍。古树看到山羊爬树的样子不由得笑了，枝叶随着微风轻轻地摆动。男孩儿看了一会儿书，见四周没人，迅速地从书里掏出一个信封，塞进了树洞里。纵使男孩儿速度再快，古树还是看清楚了上面的字：

初二（5）班

顾青青 亲启

望着男孩儿紧张的神色，再看看信封上的名字，古树什么都明白了。作为一棵树龄几百年的古树，什么事没见过？古树猜到：男孩儿恋爱了！古树"咯咯"笑得身体晃动起来。男孩儿惊慌地朝四周看了看，发现没人才长舒了一口气。掩盖好了洞口，顾不上地上有没有石头，轻轻地一跃，燕子一般轻盈地落到了地面上。倒是那只山羊，刚才还闭着眼睛享用着胃里的青草，被男孩儿这突如其来的举动吓得猛地站立起来，撒腿就跑，男孩儿在后面一边追一边喊："等等我……"

让古树不明白的是，写给顾青青的信为什么要塞到自己的身体里，难道是让它转给那个叫顾青青的女孩儿？可是自己不认识那个女孩儿啊……

古树远远地就看到了男孩儿，那是几个星期后的周末。男孩儿骑着自行车，后座上坐着一个女孩儿，白皙的脸上绽放着灿烂的微笑。女孩儿一身碎花素衣衫，单薄的身体连衣服都撑不起来。乡村小路颠簸得厉害，女孩儿双手紧紧抓住男孩儿的衣衫。男孩儿像是故意似的，专挑那些凹凸不平的地方走。车行驶至古树旁，男孩儿一个急刹车，左脚点地，右手扶住了树干。女孩儿没有防备，脸猛地贴到了男孩儿的后背，双手本能地抱住了男孩儿，见不会摔倒，又闪电般地松开了。

女孩儿的脸一阵绯红，问："这就是你作文里写的那棵古树吗？"

"嗯，是不是长得很奇特？"

女孩儿没有回答男孩儿的问题，她抚摸着古树粗糙的树皮围着树转了两圈："你说，这树里有个秘洞，我怎么没发现？"

"哈哈，在这里，"男孩儿手一指，猴子一样蹿到了树上，"就在那个树杈上，看到了吗？"

女孩儿翘起了脚尖，头仰起来，可是还是没看见。

"上来吧，我拉着你！"

女孩儿发现这棵树离地两米多后便歪着向上长，那枝丫坡度比较平缓。女孩儿犹豫了一下还是把手伸向了男孩儿。

男孩儿扒开遮盖得严严实实的树洞，从里面掏出一把手枪，指着女孩儿的太阳穴说："不准动！"女孩儿吓得打了个激灵，差点儿就要举起手来。男孩儿忙按住了女孩儿的手：“抓紧了，可别掉下去！”女孩儿的脸又是一阵红，照着男孩儿就是一拳。男孩儿“哎哟”一声喊道：“还真打啊！”

女孩儿像男孩儿一样骑在树杈看，听男孩儿滔滔不绝地讲古树的故事。

“就这些东西吗？”女孩儿显然不满足，指了指树洞问，“还有其他的吗？”

“当然……”男孩儿又从树洞里抓出了一大把东西，有弹弓、玻璃球，指缝里还夹着一封信。女孩儿显然对那封信更感兴趣，一把从男孩儿的手里拿过来：“顾青青亲启，原来是给我的啊……”女孩儿刚要拆信，男孩儿手里东西一扔，忙从女孩儿手里抢过信，撕了个粉碎。碎纸片犹如一只只飞舞的蝴蝶，从树上落下来，落到井台上，落到清澈的井水里，随着流水缓缓地向西流去……

女孩儿再也没有来过，男孩儿变得沉默起来，他把那些儿时的玩具和一本日记塞进树洞，然后封存了起来……

三

古树有些舍不得离开那口老井，舍不得离开那个叫无梁殿的山村。但，它只一棵树而已。

古树的主人要给儿子盖房子，可是还差一些钱，他决定把古树卖掉。古树根系粗壮发达，挖了两天也没挖出来，最后动用了挖掘机。发出轰鸣的挖掘机围着树挖了一圈，无数的树根被挖掘机的利爪斩断。古树枝太多，不便装车，买主又朝古树挥起了电锯……

汽车拉着遍体鳞伤的古树走了，留下了满地的枝叶和一个隆起的土丘。

夜深了，一轮圆月倒映在井里，再也没有婆娑的树影。缓缓流淌的井水揉碎了月光，静寂无声。

男孩儿已经从一所名牌大学毕业成为了一家报社的记者。过年回来，总觉得心里空落落的。忽然有一天，他想起来了，那棵古树不见了！他问父亲，父亲淡然地对他说："被卖了……"男孩儿的心仿佛被无形的东西击打了一下，隐隐地痛了起来。

他找古树原先的主人询问它的去向。主人却告诉他，只知道把树卖给了一个城里人，具体卖到了哪里他也不知道。

男孩儿还是在城里的一处别墅区里找到了那棵古树。他是记者，找到它并不是一件多么困难的事。

古树还是像在老家那样歪歪地耸立在那里，因为周围有几根木棍支撑着，才不至于歪倒——它的根系被铲断，而枝干又是斜着生长的，根本无法自主地站立。稀疏的叶子挂在枝头，就像大病初愈的样子，没有一丝精神。男孩儿抱着树干刚要爬，被同行的古树的新主人拽了下来："可别爬，刮一阵大风都能吹倒这棵树，怎么能承受得了你的重量？"

男孩儿问从哪里得到的这棵树。古树的新主人说："别提了，这树买得不值，三年了一点儿也没长，总是这样半死不活的，和周围这些名贵的树木一点儿也不协调……"

男孩儿花光了所有积蓄把这棵古树买了下来，把它栽到了老井的旁边。那天，男孩儿放了许多的鞭炮，还给古树系上了大红绸子。男孩儿像当年一样，攀着树干一下子就蹿到了古树上，在周围人诧异的目光中，男孩儿骑到树干上，用刀子撬开了那个封存完好的树洞，从里面掏出了一大把玩具：玻璃球、陀螺、沙包、鹅卵石……还有那把木质的手枪和那颗锈迹斑斑的子弹头。

男孩儿的父亲看着男孩儿手里的木制手枪自言自语：“怎么这么眼熟……”经过岁月的淘洗，总有一些东西会留下来，然而也总会有一些记忆随着时光的流逝消失。

男孩儿轻轻一跃，从树上跳了下来，把子弹头塞进木质手枪的枪管，闭了一只眼睛，瞄着太阳，手轻轻地一抖，“piu——”

上大学的 N 种理由

1. 中学六点起床发现整个宿舍剩下你了，大学八点起床发现只有你自己早醒了。

2. 中学七点后进教室算迟到，大学起床晚了，翻个身继续睡觉。

3. 中学每天按时吃一日三餐，大学起床一看 11 点——又省了一顿饭钱。

4. 中学偶尔抽时间上网，大学偶尔抽时间学习。

5. 中学喜欢上一个女孩儿子被老师声色俱厉地说这是早恋，大学不谈恋爱被别人以为有生理缺陷。

6. 中学不学习到深夜觉得对不起家人，大学晚自习坐到八点觉得委屈了自己。

7. 中学一月 300 元的生活费还有结余，大学一个月下来不但用光了自己的 500 元还外借 300 元。

8. 中学每个老师都知道你的名字，大学上了一年，老师觉得你面熟，但叫不出你的名字。

9. 学抽烟、喝酒是不学无术，大学不抽烟、不喝酒被别人以为故作清高。

10. 中学请假半天，回头一定急着找老师把课补上，大学学期结束了发现课本仍是新的。

11. 中学考完试遗憾没考满分，大学考试前就想考 60 分就行。

12. 中学考试每次都有满分的，大学考试每次都有不及格的。

13. 中学记住老师的名字是因为他的教学水平高，大学记住老师的名字是因为他监考严。

14. 中学两个学生打架，被打的哭着说：“我要去告诉老师。”大学两个学生打架，打人的笑着说：“你觉得吃亏就去告诉老师吧。”

第3章

亲情也需要回报

许多年过去了，无论生活多么坎坷，我都不曾向命运屈服过一次。因为我知道，在这个世界上自己都不尊重自己，别人对你只会更不屑，只有树立起尊严的人，才能无畏地昂首迈步。

慈母的鞋垫

春暖花开，家里没什么农活。母亲闲着没事，就像其他大娘、大婶一样在家纳鞋垫。

这是继三年前我丢失了她给我纳的一双鞋垫后她第一次拿起绣花针。母亲对我丢鞋垫的事至今还耿耿于怀。那是她忙里偷闲花了一个月的时间一针一线纳出来的。

看着母亲那样艰难的样子，我对母亲说："你老眼昏花就别纳了吧。再说，市场卖鞋垫的多的是，也不贵。母亲脸色一变说："你别管！纳了现在也不给你，等你找个女朋友的时候再给你。"

母亲年近五十，眼花了好几年了，穿针引线得费好大的劲儿。晚上根本就看不清针眼，所以就趁着中午几个小时纳几针。我说："你就别费事了，要弄给自己弄双就行了。"

两个月后出差回家，母亲向我炫耀她的鞋垫，一共三双，密密麻麻的针脚，五彩斑斓的花线，有种柔软而又厚实的感觉，比市场上三元一双的强多了。

母亲指着一双桃花图案的鞋垫对我说："这是你的，但现在不给你，什么时候你找女朋友了什么时候给你。"母亲像小孩一样陶醉在她成功的喜悦中，说："这一双给你爹，割线的时候割坏了，他没有孬好，虽然坏了，给他都心疼！"

母亲又指着一双小点儿的说："你猜这双给谁？"我说："给你自己呗，除了你咱家谁的脚这么小？"

"给我未来的儿媳妇！38号的，女孩儿子的脚一般都这么大，以后我眼就看不清了，现在先纳上……"

我怔在那里，我连女朋友还没有！母亲给我和爹都纳了双鞋垫，甚至给未来的儿媳妇也纳了双，却唯独忘了给自己一双，那一针一线纳成的鞋垫里是千丝万缕无言的爱啊。

母爱，也需要回报

几年前，我经常供稿的一家杂志社给我邮来一个厚厚的大信封。我打开一看，竟然是一大沓杂志社印的贺卡。里面还夹着一张文字简短的便笺，说是快过元旦了，一年来我辛苦供稿，送一些贺卡，可以寄给朋友。

这可把我愁坏了。这年头电话、QQ、电子邮件那么方便，信都不写了，谁还送贺卡呀？虽说是白送的，但咱也不能给扔了吧，我脑子里一片空白，到底给谁呢？

想了半天，翻箱倒柜找出厚厚的一堆报刊，照着上面的地址一阵抄写，寄给这些报刊的编辑朋友。这样既解决了当前的问题，又联络了感情，说不定发稿时还能多照顾一下咱。再给知道具体地址的朋友、老师、同学也寄一些，又是一阵忙活。这样就差不多了。

可是，这里怎么还有一张啊？该给的人我都给了，还能给谁呢？扔了？可惜呀，就这薄薄的一张纸，市场价可是一块多呢。俺每天早出晚归的老娘一天的花销都够了。对，还是给她老人家吧！

说来惭愧，爹娘含辛茹苦地供我上完大学，至今，我还没给他们写过一封信呢，更不要说寄贺卡了。这样一想，心中更加内疚。他们付出了那么多，无论子女成功与否，却从来都不曾要求回报。

一晃数年过去，我早就把此事忘在九霄云外了。

那天回家看父母。母亲从一本破了皮的旧书里拿出一张存款单，让我帮她看看到期没有，上面的字她看不清楚。“两千块钱，下周才到期。”我笑：“原来您还有小金库啊。爸回来我告诉他！”

“不用告诉了，这是你爸前年挣的，说以后你的孩子上大学了，这些钱留着供他上大学……”

泪倏地落下来。父母一辈子吃了不少苦，早年说待两个儿子都成家立业了就歇息。等我和弟弟都成了家，他们却说，年纪轻轻的，不干点儿活在家里等死呀。直到现在，父亲仍驼着背，跟在村里的建筑队后面一身水一身泥的，当泥瓦匠。

我随手翻看母亲那本旧书，忽然，一张发了黄的硬卡片掉了。我刚要弯腰去捡，母亲眼疾手快，早弯腰捡起，然后又匆匆地夹到那本破书里。我问：“是什么宝贝呀，还要夹在专门放存折的地方？”母亲说什么也不让看，在我再三讨要外加耍赖之后，她才有些不情愿地把那本旧书递到我手里。

我一眼就认出了那张贺卡！那张五年前我实在找不到人送而送给母亲的贺卡！上面有我当时随手写下的一些字：

“您对我的恩情，这辈子我也偿还不清。小小的贺卡，捎去我最真挚的感激和祝福！”

下面还有一行字，是母亲歪歪扭扭的字迹：“这是我收到的第一张河（贺）卡 50 年来第一次儿子给我的最真（珍）贵的里（礼）物”。

我看完那行没有标点、错误百出的字，眼泪不争气地爬满了脸颊。原来，母亲内心深处也渴望儿子的祝福，母爱也是需要回报的呀。只是，母亲的愿望是那么渺小，一张原本无处打发的贺卡就能让她满足并永久珍藏……

那么倔强的母爱

我刚考上高中那年她就失了业，整天待在家里只会对我和妹妹发些无名之火。知道她一时无事可做心中郁闷，也就忍气吞声不和她计较。

郁积于心的烦闷无处诉说，她就故意制造出许多事端，向别人挑衅。菜放了许多的盐，咸得无法吃。爸爸说：“这么咸当咸菜吃啊？”她筷子一摔，火立即来了：“不好吃是吗？不好吃你自己做，老子还不伺候了呢！”

她就骂骂咧咧地钻到卧室，门重重地关上。再出来时已是眼圈红红的，像桃子一样红肿，心中顿觉她的确是很可怜的。因为超生了妹妹，爸爸结扎后留下了后遗症，不能再干什么活，她一个人挑起了家里的大梁，现在又失业在家，全家只有出的账没有进的账，她的心里比谁都急。

我说：“妈你还没吃饭，这里给你留着呢！”谁知她的火竟然又来了；什么好吃的东西！那么咸想咸死我啊！你小子有本事，给我赚钱买大鱼大肉啊！”

真是好心当成驴肝肺！这么多年也不知道爸爸是怎么忍受的。我顶了她一句：“菜不是你炒的吗，咸能怪别人吗？”

她显然说漏了嘴，愣了一下，照我屁股就是一脚：“你小子长大了，敢和老娘顶嘴了？”

爱吃不吃！我钻进卧室，啪的一下关上门，把她隔离在我的世界之外。

躺在床上，委屈得要命，泪终于还是不争气地落了下来。有这样不讲理的娘吗？

社区李奶奶见我家都张嘴吃饭，却没有一个赚钱的，就推荐她到一个远房亲戚的工厂打工。对于这份来之不易的工作，她格外珍惜。每天天不亮，她就早早起来摸黑做好饭，我和妹妹吃饭的时候，她就往盒饭里装米饭，满满的一大盒，足够一个男人的饭量，然后在米饭上放点儿炒的蔬菜和几小块咸菜，盖上盒盖，放在一个塑料袋里。

这就是她的午餐。我说："出那么多的力气，怎么能不多加点儿营养呢？"说着就把一个煮给我们吃的鸡蛋往她包里放，她一把就把我的手给拨开了，有点儿生气似的说："鸡蛋有什么好吃的？什么味都没有。"

"鸡蛋有营养啊。"我解释，并执意放进去。

"我不喜欢吃！"

"许多我们并不想做的事也得做啊！所以，不想吃也得吃！"

"你一个大小伙子怎么这么磨叽，不吃扔了！"她竟然因为一个鸡蛋一大早就和我发了火。

她发完火又忙碌地收拾这收拾那。我不再和她就鸡蛋的问题争执下去，我问："工厂离这里远吗？不远就中午回家吃饭吧。"

她看也不看我一眼说："不远。骑车很快就到了，那里的活儿紧，没空回家吃。"

离学校开学还有一个多月的时间，我说："反正在家闲着也是闲着，要不我跟着你给你帮忙？她停下手里的活，看着我，有些不相信似的说，就你？”

“是啊，就我。你不是说活不累吗？”

“对，是不累。不累你也不能去，在家好好学习，回头考上好大学比什么都强。”

但我还是在这个漫长的假期即将结束的时候，偷偷地到她打工的工厂去了趟。我只知道她工厂的大致位置，工厂名我在她那件蓝工作服上看到过：华森木业。隐约地记得她说过，26路公交车正好到她工厂的门口。

到26路车上一打听，说正好走那工厂，一元钱就到了。

车子左拐右拐，我的头都有点儿晕了，还没有到。我一遍遍地问乘务员：“还差多远啊？不是很近吗？”乘务员白了我一眼，说：“到了会告诉你，老问什么问？二十多里路呢，你说远不远？”

二十多里？她不是说很近吗？每天她骑自行车得骑多长时间啊？我终于明白了每天她那么早就走的原因了，她是那么的吝啬，吝啬到连一元钱的路费都舍不得花。

半个小时后，我终于来到了她所在的生产木板的工厂。看门的大爷说她在C棚，到那里一站，一股难闻的乳胶味扑鼻而来。棚顶的风扇呼呼地转着，但我还是觉得喘不过气来。清一色的蓝工作服，本来是白的现在却成灰色的口罩，哪个是她啊？

眼睛在厂棚里扫过两圈也没看到她。我问身边的一个中年女人：“阿姨，你知道郑彩霞在哪里吗？”阿姨看了我一眼，手朝东面一指，大声喊：“郑彩霞，有人找你！”

她手指的地方，立刻就有一个人抬起头朝这里看过来。谢过阿姨我朝那人走去。我不敢相信那个女人就是她，偏大的蓝色工作装上满是白色的乳胶和木屑，口罩乌黑，手套也脏得看不出质地，整个就是套中人。隔半米远都能闻到她身上散发出的乳胶和汗臭的混合味道。

见是我，她没好气地说："你到这里干什么？"

她的工作是在薄木片上刷乳胶并黏合，粘成一块三层的大板，然后把大板运到另一车间压实。看她那么熟练地做着这一切，我问："木片的刺不扎手啊？"她又没好气地说："你说扎手不扎手，没看着戴着手套呢吗？"

待了半个小时，她说："你回去吧，这活儿你干不了。"

我说："不就是刷乳胶吗，有什么难的？你也太看不起你儿子了吧！"

"你不能干，乳胶有毒……"话没说完，她就后悔了，就那么看着我，露出孩子做错事才有的胆怯。

"难怪这么难闻，有毒你还干啊，出了事怎么办啊？"

"年龄大了，什么毒不毒的！"她很不在乎地说。

"那你出事怎么办？"我对她发火了，"死了倒好，死不了你干几年的钱也不够！"

"你以为赚钱就那么容易啊！"她把刷子一摔，眼泪接着就下来了……

次年五月的天空格外的晴朗，就像我的心情。高中生活忙碌而充实，学校为我提供了份勤工俭学的工作，每天中午我到阅览室，协助老师管理学生借阅图书。每月 150 块钱的报酬，我的生活费，基本上自己解决了。对于这份既方便看书又有报酬的工作，我是百般感激，所以，为了拿到全额的报酬周末的时候我也很少回家。

学校外面的鲜花店里很早就打出了广告，提示母亲节就要到了。

她才四十二岁啊，岁月的痕迹却早早地爬满了她的额头、眉角。她曾经光洁红润的脸颊，早已黯淡无光；她曾经修长圆润的手，虽然现在长着厚厚的茧，但还是被木片刮得到处是血口；她曾经甜美的嗓音消失了，时光将她打磨得一说话就粗声粗气；她曾经并不难看的身段，变得臃肿，散发着乳胶混合汗水的味道，就连她的儿子都不愿意和她靠近。

无论如何，这个母亲节我一定要回家看看她，而且我要用自己赚的钱买一束康乃馨送给她，并对她说："我爱你，妈妈。"

周末回家，当我扭捏地把那束康乃馨塞到她怀里时，我发现，一向坚强而决绝的她双眼瞬间就湿润起来。

"怪贵的，你买这个干什么？"她有点儿哽咽。

泪说来就来了。原来，她也一直期盼着我给她的花啊。原来，那么倔强的她，也需要别人爱的滋润啊。哪怕她对此否认，哪怕她口是心非。我扑到她的怀里，泣不成声。

最忠实的读者

我是在偶然间发现母亲在收集我的文章的。

母亲幼时家贫，只上过两年学，识不了几个字，也没有读书看报的习惯。

那是一个周末，我回到家把一摞报纸杂志往沙发上一扔便进了自己的房间。片刻出来后见母亲手里拿着报纸，并最大限度地远离眼睛看，母亲年近五十，生活的困顿让她的眼过早地花了，所以看报时只好拿远了看。

我有些好奇："妈，看什么呢？"

母亲没有抬头，仍盯着报纸："看你的文章呢。报纸上印着的。"

"还能看得清吗？"

"模模糊糊，你的名字看出来了。"

母亲就那样一动不动地看了十分钟。我问："看懂什么意思了吗？"

"没有，就光看你的名字……"

我的心不由得一颤，有种说不清的感觉。我便从那堆报纸杂志中找出发表的文章一一指给母亲。

她笑了，脸上的皱纹使她显得更加苍老……

"回来我再把这些到镇上复印下来。"母亲说着递给我一沓纸，我一看——全是我发表过的文章的复印件。

我就那样愣愣地站在那里，拿着那沓子纸……

我不知道那些文章真正看的有几人，又有几篇真的让人感动。母亲识不了几个字，她仅仅上了两年学，但我知道，她是我最忠实的读者。

母亲的眼泪

六岁那年，我是个整天只知道光着膀子和人打架的坏小子。村里和我一般大的孩子都被我打过。村里的一些妇女经常“光顾”我家，而她们的身后往往是她们的被我打哭的孩子。

与她们的怒脸不同，母亲总是满脸堆笑地赔不是，承诺一定好好教训我。

看着母亲在人家面前唯唯诺诺的样子我总是不理解：母亲应该趾高气扬地训斥她们才对啊，难道她不知道是我赢了吗！

妇女和她背后的孩子走后，我总是免不了一顿打。母亲扒掉我的裤子，用她的鞋或扫帚在我的屁股上狠狠地抽，边抽边咬牙切齿地说：“叫你惹事！下次还敢吗？”

我真的不理解。我打败了那些小孩，我为母亲争了光，她为何还那样生气地打我！屁股上袭来一阵钻心的痛，但我总是忍着不作声。我从不喊疼，也从不向母亲求饶。直到我的屁股肿得老高，还出现了血丝，母亲仍未从我的嘴里得到一句服软的话。然后她就停下，自言自语地说：“以后不准和别人打架了！”而此时我往往会看到母亲眼角的泪光。我听说泪是伤心的一种表现，我不想让母亲伤心，但我还是忍不住打架。

那时家里刚刚解决温饱问题，喝的是地瓜汤，吃的是地瓜做的煎饼，就的是咸菜。每天如此，没有什么花样。不仅我们家这样，村里大多数人家也是这样。以后上初中住校也是这些：每天六个煎饼，早晨一个，中午三个，下午两个。对那时最深刻的记忆是，我们是一群饥饿的孩子，空着肚子度过难熬的每一天。唯一改善的是咸菜，母亲说在外面难见油水。我那满满的一瓶咸菜，她总是倒很多的油加入红辣椒面炒得通红油亮煞是诱人。

村子虽穷，偶尔也有卖东西的小商贩。我六岁的那年夏天，村里来了个卖馓子的。那时乡下普遍穷，大家舍不得花手里的每一分钱，就用粮食换。馓子也可以换，一斤得三斤小麦。我留着口水跑回家告诉母亲，母亲显然很生气，她说："能吃饱就不错了，还吃那稀罕物！"

母亲说话从来都是说一不二，我怎么可怜地乞求她都无济于事。我走出家门朝着商贩那充满诱惑的声音走去，不久便找到了他。商贩停了车，问我要多少，我如实相告。他有些生气，说："没钱你来干什么！"我平时对村里小孩的霸气全没了，我不敢说话，跟在他的后面走了大半个村庄。他说："你这个小孩烦不烦？跟着也不白给！"

就在他走到村头，刚要上车的时候，我猛地拽住了他的车。他下了车，怒视着我："你要干什么！"

我害怕地抓住他的车不敢说话，他说："没见过像你这样的小孩儿，想吃东西是吧？叫声爹，说你是我的亲儿子……"

我如愿得到了一块馓子，吃到一半就再也舍不得吃了。我要把剩下的一半给母亲吃。

母亲见到我手里的馓子问："从哪里来的？"

"那个卖馓子的给的。"

“他为什么给你？”母亲很疑惑。

“他让我叫他爹，说我是他儿子……”

“你叫了？！”母亲的脸满是愤怒。

“嗯……”我的话还没说完脸上就挨了狠狠的一耳光。委屈的泪水霎时夺眶而出。母亲浑身发抖，眼里也充满了泪花，她一把夺过我手里的馓子扔给了狗！“你吃得下吗？你吃得香吗！那是你用尊严换来的啊！人穷不可怕，可怕的是失去尊严。人没有了尊严，和一条狗无异，只会向主人摇尾巴企求施舍点儿东西……”

那一次母亲并没有再打我，但她的话却比哪次都要深刻地印在了我的心里。她让我知道了有比食物更重要的东西——尊严。

许多年过去，无论生活多么坎坷，我都不曾向命运屈服过一次。因为我知道，在这个世界上自己都不尊重自己，别人对你只会更不屑，只有树立起尊严的人，才能无畏地昂首迈步。

故乡的风景（二章）

麦穰垛和山羊

麦穰垛就像一个个忠诚的卫士，守候在村庄各个寂寥的角落。再冷再漫长的冬季，只要有麦穰垛在，就什么都不用怕。

我对鸡啊、狗啊、猫啊、猪啊等动物向来不感兴趣，唯独家里的那只羊是个例外。每天放学后，作业不写我也要牵着它出去溜达溜达。说是出去放羊，其实根本用不到绳子。我把那绳子一匝一匝地都缠在羊脖子上，任由它到处走，可是它一步也不离开我，我走到哪儿它就跟到哪儿。

我家三面环山，到处都有羊喜欢吃的野草。即使在冬天，也有很多地瓜秧、花生秧供它们吃。每次出来放羊的时候，只要手里有吃的，我总忘不了留几口给那只山羊吃。后来它学乖了，只要我吃东西，它就在我身边蹭来蹭去，甚至跳起来跟我抢。有些我也不经常吃的诸如馓子、香蕉之类的好东西，我就舍不得给它吃了，藏在口袋里，背着它吃，可是它的鼻子、眼睛总是那么敏锐，嘴巴只是一张一合，它就知道我在偷偷吃好东西。它就在我身边一遍一遍地蹭来蹭去，表面上是跟我套近乎，实际是在观察我把东西藏在哪儿了。不知是它的鼻子、眼睛敏锐，还是我藏东西的本领拙劣，它总能很快就发现我“藏宝”的地点。我都还舍不得吃呢，怎么能给它吃？我只好把东西高高举起来，不让它够到。但是这可难不倒它，它只需轻轻地一抬前蹄，就和我差不多高了。我还是舍不得给它吃。三十六计走为上计，我拿着东西就跑，它就这样两条腿直立着去追我，追个十几米后发现追不上了才把两只前蹄放下来，四蹄并用。

我哪里跑得过它？跑不了多久我的屁股就会被它拱几下，再加把劲儿拼命跑，没几步又会被它拱几下。就这样，我不停地跑，不停地被拱，直到实在没力气了，我才一边喘粗气一边乖乖地把手里的东西分一些给它吃。

冬天里我是不大喜欢到山上放羊的，此时山上满眼萧瑟，只有一些枯枝败叶，羊吃不饱，而且山上风大，直往脖子里灌。

最喜欢的是到自家的打麦场里去放羊，每年我家的场里都会有一垛麦穰和一垛白薯秧子。照例把绳子缠到母羊的脖子里，任由它自由活动。它却并不急着去吃，每次到了打麦场，它总是先围着麦穰垛蹭一圈，然后再围着薯秧子蹭一圈，等身体舒服了才慢腾腾地进餐。白薯叶子脆薄、好嚼，白薯藤硬、扎嘴难嚼，这家伙狡猾着呢，专爱挑白薯叶子吃。外面的叶子吃光了，它就用嘴和前蹄在白薯秧子垛上掏洞，专掏里面的白薯叶子吃。

趁着母羊吃草的时候，我走到麦穰垛边，也不管脏不脏，慵懒地往上一躺，冬季里刺骨的小风被挡回去了一大半，阳光温暖着全身，那真叫一个舒服。闭上眼睛迷迷糊糊地小睡一会，等醒来，伸个懒腰，打个哈欠，掏出随身携带的课外书靠着麦穰垛就读了起来。这种一边放羊一边读书的惬意日子是那样美好，却又那么短暂，等我弟弟也即将升入初中时，体弱的父亲在经济上便有困难了，他和母亲商议后决定把山羊卖给邻村的一个杀羊的屠户，为我们交学费。听到父母的决定我的心隐隐地疼了起来，我想起了和山羊在一起的那些日子：它顽皮地向我要吃的；它不吃地下的青草，耍赖非得让我拔起来喂它；我趴在地上，"咩咩"地学羊叫，我一声，它一声；它围着麦穰垛，一圈一圈地蹭痒痒……

父亲和母亲却商量要把这只可爱的羊卖给那个屠户！

邻村屠户到我家牵羊时，我没敢看，一个人跑到打麦场里，倚在麦穰垛上，泪哗哗地落个不停。我的羊，我那只可怜的山羊，就要被那人杀了。可是，可是我能做什么呢？我不敢祈求父亲不卖它，为它养老送终。父亲羸弱的身躯和生活的窘迫让我无法说出那些天真而有失孝道的话。一只羊，一只生存在贫困农村的羊，被宰杀或许就是它唯一的宿命。

那只母羊终究还是被那屠户牵走了。

以后一年多的时间里我没和班里一个姓张的同学说过一句话——他就住在我的邻村，是他的爸爸牵走了那只我最爱的山羊。

母亲的谷子地

微风轻轻地吹过谷子地，"沙沙……沙沙……"稻草人手舞足蹈着，身子轻轻地摇晃着，一群麻雀忽地从谷子地里飞起，然后绝尘而去……

恐怕只有乡村才有这种独特的风景。

稻草人立在谷子地里。风来，它立在那里；雨来，它依然立那里；白天，它立在那里；晚上，它仍然立在那里。稻草人被无数人诗意地刻画着，而我却只从它那儿读出了寂寥二字。

一束稻草，被几根树枝一撑，扎出手脚，圈出个头，再穿上衣服，戴上个帽子，便似乎有了生命。

稻草人总给人以一种鬼魅的感觉。童年时最怕的事便是被母亲拽着到岭地里干活，倒不是因为自己懒惰，而是在到自己家的庄稼地前，总要经过几片谷子地，谷子地里无一例外地安放着几个“值班”的稻草人。那些稻草人都戴着破的不能再破的草帽，穿着或大或小花花绿绿形态各异的破衣烂衫，手臂向前伸着，手里还有破布条或者塑料袋。风一吹便“呼啦呼啦”作响。

纵使那时再顽皮，我还是惧怕稻草人。我总认为那是一个个面临死亡的乞丐，只剩下最后几口气在那里苟延残喘罢了。每次母亲带我到岭上干活，我都提心吊胆怕得要命。尤其是快到谷子地时，更是抓住母亲的手躲在她的身后。到谷子地近处时，我就走在母亲背对谷子地的一面。过了谷子地，就连忙跑到母亲的前面去。生怕地里的稻草人突然蹒跚地穿越谷子地，横亘在我面前……每次路过谷子地，我的手心总是汗涔涔的。

谷子大多都种在岭地上，地薄肥少，产量极低，大年大旱，便会颗粒无收。

故乡不种谷子已经好多年。

幼时惧怕稻草人的孩童已经走出了山村，到临镇一所小学当了一个受学生爱戴的语文老师。

妻子怀孕后，母亲便跟我商量，她觉得说现在市场上卖的小米都是经过硫黄熏的，吃了对身体不好，她要在岭地上种些谷子，回来给她儿媳妇吃。

故乡已经好多年不种谷子了，母亲跑了好多地方，才买到了谷种子。谷子地成了母亲去得最勤的地方，杂草刚刚露出了头，母亲便把它们薅掉了。那年夏天大旱，地里的庄稼都旱得耷拉着叶子，母亲看在眼里急在心里，狠了狠心到三里外的水库去挑水浇谷子。每一趟来回六里地，身高一米五左右的母亲一步三摇地把约三十公斤的两桶水挑到了谷子地边。母亲看着焦渴的谷子，再看看桶里还剩下不到一半的水，笑了。她把整桶水泼向了谷子地，不到一秒钟，地面上连一个水滴都不见了。土地太干旱了。

在母亲的精心侍弄下，那一分地的谷子地早早地结了穗，沉甸甸的谷穗似乎要把谷秆都压折了。

“好几个人都打听这是谁种的谷子。后边你高大娘、老孟家二奶奶让给留些谷子种……”母亲每每这样说时，总是掩饰不住她内心的自豪。

母亲非常自信地对我说，回来就等着吃纯天然的小米吧。母亲怕有麻雀来捣乱，就找来木棍、父亲的破草帽和一些破衣服，让我帮她扎一个稻草人。我用铁丝把木棍固定成一个十字形，又在上面绑上了几把稻草。母亲把破草帽戴在稻草人身上，怕不牢靠，又用一根铁丝穿透草帽绑在了木棍上，接着把一些五颜六色的破衣服穿在了稻草人的身上。为了追求好的“视听”效果，还在稻草人的手里绑了两个塑料袋，风一吹，呼啦作响。

看着和母亲做的逼真的稻草人，忽然想起儿时那段关于稻草人的记忆，不禁莞尔。

母亲把稻草人插在了谷子地里。她说：“这回可以放心地等待收谷子了……”她这样说时，我仿佛看到风起时，稻草人在那里摇摆着，呼呼作响，一群麻雀吓得魂飞魄散没命地逃跑的场景……

母亲的自豪劲儿没持续几天便黯淡了下来，整天一副闷闷不乐的样子。在我们的追问下，她才道出了实情：稻草人并没有吓住那些麻雀，谷子被麻雀糟蹋了不少，她也买了网子围在谷子地的周围，但是，并没起到什么效果……

看到懊恼不已的母亲，我忽然觉得有点儿不知所措。童年时，能把我都吓得魂飞魄散、浑身冒汗的稻草人，怎么就吓不跑几只麻雀呢？

母亲终究还是没有收获一粒谷子，我低估了麻雀的力量，成百上千的麻雀在谷子成熟前，就已经把它们装在自己的肚子里了。母亲把干瘪的谷穗撒给家里的鸡，那些鸡看到谷穗，很兴奋，但是没刨几分钟便失望地到别处找食去了——那些麻雀连一粒谷子都没给母亲留下。

“明年说什么也不种谷子了……”母亲这样说时，我的泪也汹涌地流了出来。

光棍父亲

一

36岁的时候他才有了我。我管他叫爸爸，但我却不是他的亲生女儿。我是他在一个深秋的桥底下捡来的弃婴，那时他还是一个光棍，偶尔路过桥时隐隐约约听到小孩沙哑的啼哭，到桥底下一钻便白白捡了一个女儿。

他兴奋地把我抱回他一无所有的家，笨拙地解开棉衣的扣子，把我贴在他裸露的胸膛上，我并没有因他胸膛的温暖而停止啼哭，他焦急地在屋里转来转去，黝黑的脸上露出喜色。邻居高奶奶听到哭声跑过来，看见他怀里的我惊奇地问："哪儿来的孩子？""捡的，村东大桥底下捡的。"高奶奶说："那你有罪受了，自己都养活不了自己。小孩怎么老是哭啊，会不会是饿得啊？"这时他才忙着去找吃的，可是他什么也没找到。高奶奶"唉"了一声回家拿了条饼干给他，他蘸着水给我吃了。那时的我竟真的不哭了，张开小嘴含着润湿的饼干，用一双清澈的眼睛看着未来的新爸爸。

从那以后，他就知道我一哭就是饿了，就到了该给我喂东西的时候了。而我在饿的时候也总是很及时地哭。许多年以后，长大的我想：假如那时我不知道哭，我会不会饿死在他的怀里？

那时我并不是一个听话的孩子，经常惹事，还和男孩儿子打架。他一生气就用他粗壮的手狠狠地打我的屁股。但我还是对他很依赖，除了他，没有任何一个人在乎我。那时他要出去当小工，怕我出去惹事，就给我准备一天的饭把我锁在家里，晚上他一身疲惫地回到家，我就会攀到他的肩膀上，亲昵地在他面前撒娇。

九岁那年和一个小男孩儿打架。他说我是没人要的孩子，是爸爸从桥底捡来的弃婴。我说："你才是野孩子，我有爸爸！"小男孩儿儿说："你就是野孩子，要不你怎么没有妈妈？"第一次我那么悲恸地怀疑起自己来，深刻而绝望：自己真是一个被人遗弃的孤儿吗？要不我怎么从来都没见过我的妈妈？我满脸泪痕地回家问他："我是没人要的野孩子吗？"他说："不是啊，你不是有爸爸吗？"我问："那我的妈妈又是谁？"他的脸颤抖着，没有说什么。

九岁，我知道了我是一个被人遗弃的孩子，是他收留了我。

二

他一辈子都没有娶老婆。在捡到我之前他攒了好几年的钱，就是为了攒足了钱从人贩子手中买个女人。但我的到来打乱了他娶老婆的计划，他不但把攒下来的几千块花光了，还得起早贪黑赚钱供我上学。

在我六岁那年，也就是他四十二岁的时候，他曾领到家里一个胖胖的女人和一男一女两个孩子。我并不是很喜欢这三个突然闯入的陌生人。甚至，有点儿憎恶。他说："这个人从今往后就是你的妈妈了。小北，还不快叫妈妈！"我用陌生的憎恶的眼光瞪了那三个人好久，直到他们都被我看毛了，一脸的尴尬。我才哼了一声扬长而去。那个女人的出现让父亲更加忙碌，我能和他在一起的时间越来越少，许多时候，在我睡醒一觉后还能看见那个女人坐在椅子上纳鞋垫。我问她都这么晚了，怎么还不睡，她说你爸爸还没回来呢。奇怪的是父亲一惯暗淡清瘦的脸庞渐渐丰润了起来，我想那段时光应该是他最幸福的时刻，那个女人的确有些本事。

那娘仨和我们住了大约有两个月就消失了，起因是那个女人在晚上和他吵了一架，他似乎火气很大，重重地在那个女人的脸上扇了两下。黑暗中我被他们的吵闹声吵醒，他从来没发那么大的火，脸因激动而涨得通红。那两个孩子蹲在墙角浑身颤抖、泪流不止。他的两巴掌促使女人拉着她的两个孩子消失了，再也没回来……

我们的日子恢复到从前的样子，甚至，还不如从前。他的脸色暗淡无光泽，黑瘦蜡黄，就像大病初愈的样子。他比以前更加沉默，喜欢一个人无声地蹲在墙角，喜欢一个人喝闷酒，喜欢无缘无故地对我发火，动不动就拳脚相加。我想我的身体里毕竟没有流着他的血液，对于我，他没有过多的感情。我只是他捡到的一件东西，微不足道。

我和他的话越来越少。近乎冷漠。

三

我的学费拖了又拖，好在学习很好，班主任也知晓我的困境。清贫的日子让我一直很自卑，我会无缘由地陷入莫名的沉默。我没有几个朋友，喜欢一个人独处，更确切地说不想让别人知道我坎坷的身世。念高二时（他一直靠当小工把我供到高二），忽然有一天，他找到我所就读的学校，并颇费力气地找到了我。而我从未告诉过他我在哪个班级，不识字的他能找到我一定费了一番工夫。他显然有些激动，递给我两个苹果说："小北，以后你就回家吃饭吧。"我并没太在意他在说些什么，只是下意识地向四周看了看，我不希望班里的同学看见他，我怕他们看到他沾着水泥白灰的裤腿，开了线又很笨拙地缝合在一起的毛衣袖口，以及和他年龄不相称的脸上的沟壑。但我的脸还是唰的一下子就红了。一个十七岁少女潜心建立的自尊大厦就因他那一次偶然的露面而即将坍塌。

"那么远，怎么回去……"家离学校有五十里路。我怔怔地看着他，希望他说完就快点儿走。"我找了份工作正好在你的学校附近，就顺便在学校附近租了一间房子，以后你吃饭就方便了，你看你都瘦成什么样子了？"

我两只手紧紧地攥在一起，左手和右手的骨头隔着一层薄薄的皮相互拥抱，青筋隐隐可见。忽然，就有了种欲落泪的冲动。"那……你来做什么工作？"

"干什么不行，苍天饿不死瞎鹰……我，我在给人家看大门。"他似乎有些结巴，脸也憋得有些红。53岁的他看起来比实际年龄要大许多，力气都被无情的岁月消耗殆尽，又不识字，真的有点儿怀疑人家会不会要他。

"这是你的学费，拖了那么久，好好跟老师解释解释。"握着那薄薄的一沓钱，心里却沉甸甸的，我不清楚那是他流了多少汗水挣出来的。

实际上我并不是每天都到他租的小屋里吃饭，他每次叫我，我总是以课业重、打扫卫生等为借口推辞，每次他总是把我当作客人一样招待，他总是说：“小北，你不要舍不得吃，看你瘦的。爸爸有钱……”我有些凄凄然，要是有钱何必拖到现在才给我啊?

四

得知我顺利地考取省城的师范大学后，他像一个孩子似的号啕大哭，口中嘀咕着什么，然后就变了个人似的说：“我江得禄这辈子没白活，我是无梁殿最了不起的，我的闺女是大学生，村里第一个大学生……”

挤在一起的皱纹从沉睡中苏醒，在他黝黑的脸上肆意舞蹈着。作为村里的第一个大学生，我为他争足了面子。每次和人拉呱，无论说什么他总能在十句话内把话题转移到我的身上。比如别人说自己的小孩多么淘气不听话，他就会插上这样的话：小北小时候那个省事啊，从不给我添乱子……村里的大娘婶子们说她们养的小鸡怎么怎么肥，他也会插一句：俺小北小时候也养过几只鸡……然后他就会再扯到我考上大学这件事上。

不过炫耀没过多久就烟消云散了，六千多的学费让他一筹莫展。他的脸上愁云密布，整口里唉声叹气，大口大口地抽着自制的劣质烟卷。我说：“要不就不上了吧，你能供我上完高中就已经仁至义尽了……”我看到他的眼神里有些愤怒，下面的话就又咽回到肚子里。

没有谁愿意把钱借给他这个光棍汉，因为我只是他捡来的孤儿，没有人相信我长大后会替他还钱，他们都怕辛苦赚来的钱打了水漂。几乎所有人都这样劝他：“毕竟是别人的孩子，能把她养大就已经很不错了，回来认不认你还是一回事呢……”

当他把从最亲近的亲戚那里借来的两千多块钱交给我的时候，他一脸愧疚地说：“你坐车先到学校报到，我再等等，一个远房亲戚说明后两天会借给咱三千……”

我到学校后不到两个小时他竟然也到了，并且给我带来了四千块钱，他说：“那个亲戚真办事，听说你考上了省城大学，二话没说就给了我四千。”我信以为真。他又恢复到刚听我考上大学时的兴奋，在校园里转了好几圈。说了一些“大学就是大学，比咱村里强多了”之类人人皆知的话。我陪他在学院的餐厅里吃了一顿饭，那是他第一次在档次那么高有那么多人的地方吃饭，也是最后一次，直到我大学毕业他再也没来过我的学校。虽然在我上大学不久他也在离我不是很远的一家小餐馆里找到了一份刷盘子的工作。

大学四年我不知多少次跟他说：“你到我们学校再玩玩吧，你当初不是很喜欢吗？”他总是说天天上班，工作忙得脱不开身。说这话时我能明显地感觉到他的自豪：上班、工作两个字他说得特别清楚洪亮。想必在他的意识里，这两个词很神圣，是只有城市人才配说的上等词。他在年近花甲之年也能像城里人那样把这四个字说得字正腔圆而不拗口，于他，是在他那贫瘠的山村里炫耀的资本。

他刷盘子的餐馆我去过，逼仄拥挤的过道里，堆满如山的盘子、碗筷。他戴着胶皮手套，埋头把那些剩的饭菜倒进一个泔水桶，然后放到一个大塑料盆里，倒上洗衣粉，用一块抹布抹干净，再在一个稍干净的盆里涮几下就算可以了。每天他最忙的时候就是中午和晚上，那里就餐的人多而餐具并不是很多，他就等在那个小过道里，撤一桌餐具，就刷一次。稍有怠慢，老板就会大发脾气：快干，快干，那边没的用了，再这么慢我开了你！餐具只在两个盆子刷过，利欲熏心的老板就让他端到厨房用。若闲时发现上面有一点儿不干净，就会让他把所有餐具再重新抹一遍。对于老板无情的呵斥，他总是卑微地低头一言不发，因为他明白老板需要的只是一个能快速地把盘子抹干净的廉价的劳动力。而他，需要的是每天十几块钱和一日三餐，其他的也就无所谓了。

上大学的四年我们没有回过一次山村里的那个家。他在餐馆附近租了房子，也没空回家。每月月初他照例都会在那间小屋里给我留下生活费，尽管我很少拿。其实学院勤工俭学和三份家教的收入足以支付我的生活费。逢年过节我们就待在那间出租小屋里，简单而温暖，毕竟，他是我在这所城市里唯一的亲人，是我在这个世界上，知道的，唯一的一个亲人……

五

凭借优异的成绩，我很容易就在省城找到了一份满意的工作。工作不久就有一个出色的同事林对我表示出了好感，他儒雅洒脱，待人真诚，父母都是中学的教师。我没有隐瞒自己的身世。对他说如果我是一个孤儿，仅有一个刷盘子的养父，那么你还愿意和我来往吗……

林说我要娶的是你，如此而已。

在小餐馆找到他时，他正在挨老板训，满脸通红。我从没见过他这样羞愧过。偷偷地问旁边的人，竟然是他觉得撤下来的一盘牛肉条扔了可惜，就自己拿了吃，谁知正好被老板看见……老板的话尖酸刻薄，不堪入耳。我再也无法忍受，狠狠地甩出了一句："就是打工也不给这样没教养的人干！"抓起他的手就走……

大雨下个不停。我说："林，这个就是把我养大的父亲，你还愿意娶我吗？"到这时他才知道那个一直跟着我的男孩儿子是我的男友。他不知如何是好，觉得给我丢了脸，像个孩子一样低着头拽衣角。林的眼睛湿湿的，一把把我拥在了怀里："你有这样一个伟大的父亲，我真羡慕你……"

他对林很满意，林顺利地把我从同事变成他的妻子。

婚后，我对他说："爸爸你就搬到我们那里住吧，也别再找什么工作了，我俩的工资完全可以养活你，你可以颐养天年了。"他只是笑笑，说："我这老骨头在城市里老是迷路，永远找不到方向。当初我不到你学校，一来是为了省来回六块钱的车费，二来我根本就不认路，坐车老是晕。你们要是真的孝顺，就让我回老家过晚年吧……"

我和林送他到乡下的老家，坐在车上，他话篓子一样说个不停："做了四年多的城里人，可见过世面了，回去和那帮老家伙有话拉了；我江得禄这辈子最牛逼的就是有这么个争气的好闺女；在城里要好好工作，能吃亏但别赚小便宜；也不知道那些乡亲都怎么样了……"一路上他就这样唠叨个不停，想到哪儿说到哪儿。我和林装作没听见似的任他自言自语，不时"哦"一声算在听他说。

到了村子，我立即傻了眼，原来房子的位置盖起了新的平房，我问他是怎么回事。他说："这不是我们的了，四年前就不是，那阵子你考上了大学，钱不够，我就只好把房子卖了，当时怕你不同意就先让你走……"他说得很平静，我的心却在那一刻痛起来。高奶奶在一旁泪眼婆娑有点儿哽咽地说："小北，要好好孝顺你爸啊，他为你舍弃了很多东西，当初那个女人让你爸爸把你送人，他舍不得你，那个女人只好走了……""爸爸……"我扑倒在他的怀里，眼泪夺眶而出……

父亲的谎言

单位组织到杭州去游玩，在饱览杭州秀美风光、领略杭州浓厚的人文氛围的同时，我也不忘给家人带些东西，算是对他们不能一起同行的一点儿补偿。

买了些当地的小吃孝敬老妈，买了条丝巾让老婆臭美，给老爹买点儿什么呢？我不由得思考起来：父亲一辈子和土地为伍，“晨兴理荒秽，带月荷锄归”，陶渊明的这首诗是父亲的真实写照。清晨天还不亮，父亲就早早地起来。他起来的第一件事就是拿把铁锹到我家的地里去转悠一趟。这个习惯他一坚持就是几十年。

父亲没什么爱好，他不会像我一样没事的时候看看书，也不喜欢看电视。我觉得父亲的生活真是枯燥、无味。下雨的时候没事可干，偶尔他会和别人一起打打牌，打发无聊的时光。自从我和弟弟相继上高中后，他就再也没出去打过牌。每逢下雨，他就会早早地吃了饭，然后就去睡觉，一睡就是一天。我曾笑父亲大白天睡觉多么无聊，直到后来我才明白，生活的窘迫让父亲根本不敢有停下来的想法。只有阴天下雨的时候，他才不得不无可奈何地在家里休息。

如果说父亲还有爱好的话（或许嗜好更为合适），那就是抽烟、喝酒。他嗜烟如命，却从来不抽什么好烟，他只抽集市上卖的两元钱一大包的烟丝。每次干活累的时候，他都会往地上一蹲，掏出他放烟的袋子，掏出一张狭长的纸，放上一小撮烟丝，卷成细长的喇叭状，整个动作娴熟而快速，十几秒钟就能完成。父亲就蹲在地上，等把这支烟抽完了，把烟头丢在地上，用脚狠狠地踩几下，然后又到地里劳作去了。

我一直反对父亲无休止地抽烟、喝酒。一来让别人吸二手烟不好，二来对他自己身体也不好。但是，我还是鬼使神差、千里迢迢地从杭州给父亲拎回了两瓶酒、一条烟，还有一盒龙井茶。

母亲和妻子拿到我买的礼物都很高兴。当我把给父亲买来的东西递给他时，他没有接，有些生硬地问："买这个干什么？"

"你不是好这口吗？"我反问道。

"我好的多了，你都买去吧！"父亲的语气加重了，"我看你是有钱烧的！"

"给你买东西我还错了？今后我再也不给你买了！"我委屈地反驳。

"谁稀罕你买！"父亲硬生生地说完这句话便甩手走了。

我站在那里委屈地发誓以后再也不给父亲买东西了。

周末回家，刚推门进去就发现家里非常热闹。原来是村里的高叔和薛大爷。他俩是父亲最好的朋友，经常到我家里和父亲闲聊。

薛大爷拉着我的手，对我说："你爹说这盒茶叶一千多块钱，是真的吗？你为人师表，可不能说瞎话啊！"

经薛大爷一提醒我才发现桌子上放着几玻璃杯茶水。淡绿色的叶子荡漾在开水中，那不是我在杭州买的龙井茶吗？再看父亲，他那原本黝黑的脸因为我的突然出现显得不太自然。

父亲叫了这帮老朋友到家里，就是为了让他们尝尝我给他买的龙井茶。父亲看着我，眼睛里有种近乎祈求的神色。原本要揭穿他说只值600块钱的，看到他的眼神，心不由得颤抖了一下——父亲虽然不想让我花钱，甚至为之恼怒，但在他的内心深处，他还是非常乐意接受的，并有意把它夸大向别人炫耀。

“是啊，”我故作轻松地对薛大爷说，“1088元呢，怎么了？”

“你小子出手够大方的，你爹也配喝这么好的茶？”薛大爷开使劲儿拍了下我的肩膀。父亲拿起水壶往薛大爷的杯子续水：“我怎么就不配喝了？哈哈……”

淡绿的嫩叶随着滚水在杯子里上下翻腾，淡淡的茶香弥漫了整间屋子。我转过身，一滴泪无声地滑落。

父亲的骄傲

他似乎变得越来越小气，动不动就对我说，在外面把手攥紧了，不要乱花钱。对他的这种唠叨起初不以为意，说的次数多了，渐渐变得不耐烦。在外面总不能吃糠咽菜吧？每当他又要回忆他童年旧事时，我总是及时地顶回去。

我想，父亲真的变了，变得苛刻、小气。动辄要我不要老想着吃香的喝辣的，要想着攒钱。我想，纵使以前我和他无话不谈，现在，我们之间终究还是出现了所谓的不可逾越的鸿沟。这种思想上的分歧横亘在我和父亲之间。

从小我就是一个懂事的孩子。知道他赚钱不易，我从来都不乱花钱。家里的抽屉里放着钱，但是从来都没有少过。需要用钱时，我会告诉他们我要做什么，然后再去拿，从来不多拿，他们也从来不过问。

高中时，因为爱好读书，便买了许多书。但从来不向家里要钱，而是从自己的伙食费里省出来的。比如以前每天五元钱的伙食费，为了买一本喜欢的书，每次就买半份菜或者干脆买包五角钱的辣椒酱吃一天。这样持续几天，直到买书的钱攒够了，才步行到七里外的书店把心仪已久的书买回来。

繁重的课业，营养再跟不上。眼镜度数一次次增加，身体却仍是那么瘦弱。每次回家母亲都问怎么又瘦了，是不是钱不够花。我哪能告诉她，我把从嘴里省出来的钱都买了课外书。而父亲从来都不像母亲那样关注到我生活的每一个细节，他只是粗声粗气地说，别舍不得花钱。然后他就往我的书包里塞钱。我不让他塞，说拿那些钱就够了，拿多了也用不了。

父亲那时就像一个出手阔绰的大老板一样，他希望我能大方地花他赚的钱，可令他失望的是，对于他给我的钱，我总是谨小慎微地利用好每一分。因为，我知道每一分钱都凝聚着父亲的汗水。

当我工作了，每月能固定地领取属于自己的工资时，花起钱来再没有了当初的顾虑。在偏远的乡村任教，就是想花钱也没有地方。更何况靠写文章赚的稿费已足以支付我的日常开支。所以当父亲一次次提醒我不要大手大脚地花钱时，我理直气壮地说："我又花不到工资，稿费就够了。"

父亲很生气，脸气得发青，憋了半天才说："不就每月几百块钱的稿费吗，有什么了不起的？"

"你每天起早贪黑当泥瓦匠，一个月不就八九百块钱吗？"我反驳道。他一甩手，悻悻而去。望着父亲的背影，我想，我和他之间的隔阂，真的不能消除了。

和父亲的共同语言越来越少，有时饭桌上他会问我在学校的情况，短短几句后，只是一味看着电视，彼此再无话说……

国庆节放假回家，竟然发现他脸上的疤痕。问他怎么回事，他竟满脸尴尬含糊其词地说不清。还是母亲在一边小心翼翼地说，是被村里的 xxx 给打的。我火冒三丈，冲出去欲和那人理论。母亲眼疾手快地拉住了我，小声嘀咕："不怪人家，都怪你爸……"

我疑惑地听着母亲解释。

原来那次他在外面喝酒，不知道怎么的就谈到了我，人家说他供我上大学并顺利当上老师，他的钱没有白花。在别人的艳羡和酒精的刺激下，他也来了精神，说："俺儿不但拿工资还写文章赚稿费，一个月能赚五六百。俺家那台29寸的大彩电就是他去年写的一篇文章赚的……"

父亲越说越来劲儿，别人却听不下去了。有人说："不就当个小老师吗，有什么了不起的！"父亲说得正起劲儿，哪能容忍别人否定他的儿子，借着酒劲儿，一辈子没和别人红过脸的父亲和那人撕打起来……

泪水悄然滑落，我那一惯胆小怕事的父亲，为了维护他儿子的形象，被人抓得满脸伤痕。我知道，一直以来他都以我为傲，只是他不承认，不想在自己的儿子面前表现出那种自豪。在他的面前，我总是挫伤他的感情。其实他哪里知道，在我的内心深处，土里刨食的父亲一直是我最大的骄傲。因为他让我懂得，即使最贫瘠的土地，也能开出美丽的花朵。

有些爱很卑微

“父亲”这两个字一直游离在我的文字之外。我觉得父亲是一个很失败的人，他没有让我写的价值，我也就没有写的必要。他是一个地地道道的农民，20 世纪 50 年代末出生在沂蒙山区一个叫无梁殿的小村庄。他一辈子都在为改变自己和家人的命运而努力，可是他在年逾半百的今天，还是没有摆脱“农民”这个让他痛苦不堪的称号。他曾多次在我面前叹息：“我这一辈子就这样了！”说这话的时候，他无限地感伤，眼睛湿润，岁月的沟壑深深地嵌在那张饱经风霜的脸上。

父亲家兄弟五个，他是老大。爷爷是个整天游手好闲、不思农事的人。所有农活都落在奶奶那单薄的肩膀上。那个时候奶奶要下地干活，要做一家七口人的饭，还要饲养那窝猪。父亲很小就学会偷进集体林中打柴。那时不但吃不饱甚至连柴草都没有，大人就教唆小孩子到山上偷割柴草。山上的守林人对像父亲这样的小孩子特别仁慈。他知道每家的锅灶里都在等那一筐或多或少的柴草。那一筐柴草保证了每户农家能够吃上一顿热饭。

父亲每天下午放学后最重要的任务就是想尽办法拾一筐柴草。

那时父亲最大的爱好是逮鱼。周末不上学，父亲就会领着他的弟弟妹妹到水沟里逮鱼。那时的鱼好像特别多，父亲和他的弟弟妹妹们总能满载而归。回家后让奶奶用油炒了，全家饱餐一顿。吃完饭后，爷爷会用他的袖子擦着嘴巴大骂："小崽子就知道吃，多吃了不少张煎饼，浪费了。如果以后再去逮鱼，就砸断你们的狗腿！"爷爷并不是一个说话算数的人，父亲他们还是照常逮鱼，但爷爷并没有打他们。我想爷爷在心疼他的儿女多吃了几个煎饼的时候，也知道吃鱼要比吃糠咽菜香得多。

父亲的童年时光就在每天一筐柴草和爷爷的呵斥声中结束了。在父亲18岁那一年，他主动放弃了学业。面对上了8年小学还没毕业的现实，父亲自己都感觉累了。他感兴趣的是逮鱼、拾柴草。父亲的这一爱好注定了他以后只能做一个土里刨食的庄稼汉。

我从上初中起就种下了自卑的种子。"西装革履、仪表堂堂"是我很早就渴望能用在父亲身上的词，可惜直到现在还没用上，以后也不大可能用上。他似乎和灰头土脸、衣衫褴褛这样的词比较沾边。他干的是最苦最累的活，到头来却连工钱都要不来。

我瞧不起他，觉得他很失败。因为他的贫穷使我不能在同学、老师的面前抬起头来。当别的同学谈论他们的父亲时，我总是心惊胆战地躲得远远的，我怕他们会忽然冒出一句："你爸爸是干什么的啊？"对于父亲我一直讳莫如深，不愿提及。"父亲"这个曾让幼时的我十分温暖的字眼，此时却如鲠在喉般说不出口。他就像一捧黄土，一点一滴地积攒水分和养料，散落在广袤的土地上，我那幼小而无知的心却拒绝他的润泽和养育。

夜里，我常常一个人坐在静谧的树下仰望星空，任思绪飞扬。我想：为什么我出生在那样一个贫穷的家庭？为什么我的父亲那么没出息？为什么有那么多苦难和无奈要我来承担……我是那个年龄段很少有的忧郁男孩儿，一个人偷偷地落泪，默默地感伤。

为了摆脱父亲给我带来的心理上的阴影，我拼命地学习。但我的成绩还是无可救药地下滑。尤其是数学，我讨厌数学，还有教数学的班主任。

高三临近，学校让办身份证。因我的户口和学籍名字不一致而迟迟办不下来。父亲只好跑到学校开证明。办公室里班主任声色俱厉地训着父亲：“怎么这么晚才办，自己都不上心谁还上心？孩子的数学成绩一直降，家长怎么教育的！”实际情况是我近一个月才回家一次，住一晚上就得返回学校……而就在一个小时前，也有一个同学的父亲找班主任办和我一样的事情。班主任满脸堆笑地与同学那西装革履、仪表堂堂的父亲亲切地握手。我为父亲感到委屈，而父亲却只是唯唯诺诺地点头称是……我想，和那个同学之间的差距，除了父亲，还有一条就是那个同学的成绩总是第一……

走出办公室的瞬间，眼泪唰唰地淌个不停。第一次，我觉得卑微的父亲对我那么重要，那么让我依赖。父亲并不高大的身躯为我遮挡了一片天空。我觉得我对不起我辛劳一生的父亲，我悔恨、自责。我不再怨恨别人不尊重我，因为我从来都没有过让人尊重的资本。在这个世界，如果还有一个人能无私地关爱照顾我的话，我想那个人一定是我的父亲……

整个大学时代，我都像父亲那样整天忙着打零工，我只希望能多多少少从他那不厚实的肩膀上分担一些责任。父亲这块并不肥沃的黄土地，把我和弟弟都先后培养成大学生。原来我从来就没有缺少过父亲的关爱啊。只是许多年前，有些爱很卑微，卑微到掩埋在尘埃之下，我们不懂也不愿意承认！许多年后，当我们再蓦然回首时，不由得怆然泪下。

菖蒲巷，我睡在你温暖的怀抱里

1

奶奶将我抱在怀里，皲裂的手一遍一遍地擦拭着我身上的血，我的身子随着奶奶的动作颤抖起来。奶奶哽咽着，一遍一遍地说："你终于肯安静地躺在我的怀里了……"

我努力睁开沉重的双眼，冲着奶奶淡淡地微笑，血又从嘴里流了出来……

在那个飘雪的冬季，我轻轻地推开一座老宅虚掩的木门。木门闪开一条小小的缝，开门的声音还是将老宅主人的目光吸引了过来。她是一位年迈的奶奶，额前花白的头发让风一吹就凌乱地飞舞起来。

她一定以为是风把门吹开了，弓着腰蹒跚地向门口走来。她好像并没有注意到我的存在，到门口时双手扶着门框就要关上。我柔柔的一声呼唤终于让她意识到门不是被风吹开的——门外来了一个陌生的客人。

老奶奶将门打开了一些，蹲下身子，微笑着，脸上满是时光留下的痕迹。

"是你推的门吗？"

这样说时，她的双手并拢着伸向我，想要抱起我。

我木木地站在那里，不知道该扭头走掉，还是顺势跑到她的怀里。那双手好丑，手背的皮肤松弛，满是皱纹，上面还布满了大大的黑斑。我本能地抓了一下这双继续向我伸来的手。虽然没用多少力，但她的手背上还是留下了一条红红的划痕。显然她并没有生气，看了看划痕又伸了手要抱我。

“乖，不要害怕。外面冷，到奶奶家暖和暖和吧。”

轻轻一蹿我就跳到了她的怀里。

2

奶奶住在一条叫菖蒲巷的明清风格的小巷里，小巷的两边商铺林立，家家户户的门楼上都挂着红红的灯笼。小巷用青石板铺就，窄得仅容两三人并排而过，经年的踩踏将青石变得溜光。小巷墙壁上的石灰早已斑驳，露出青青的砖。墙角和砖缝处长满了青苔。小巷的尽头有一个池塘，每年春天，池塘都会冒出一池菖蒲，那一池的香气弥漫在整条小巷。从初春到深秋，年年如是。

菖蒲巷由此得名。

奶奶的老伴儿多年前就离世，一双儿女也早已各自成家。儿女本来要接奶奶到城里的家一起住，但奶奶舍不得菖蒲巷，舍不得那座老宅。奶奶一个人住在菖蒲巷的尽头。

人们逐渐认识到菖蒲巷的价值，在这里搞起了旅游开发。成群结队的外地人甚至各种肤色的外国人都来到菖蒲巷所在的菖蒲村观光旅游。奶奶的老宅里断断续续地传出织布声。那台木式的织布机是奶奶结婚时的嫁妆，奶奶舍不得扔，就自己织起了布，用一种叫作蓼蓝的植物浸泡出来的液体将布扎染成印花蓝布，拿到菖蒲巷里去卖。

奶奶说那时候她可是村里的织布能手。我总是怀疑这句话的真实性，因为奶奶的印花蓝布卖得并不好。我曾多次观察过菖蒲巷其他人卖的印花蓝布，他们的布很柔软，颜色艳丽，花样繁多。我跟奶奶说，我觉得还是他们的蓝布要好些。奶奶并没有直接反驳我，她像是在自言自语："把那些机器织的化学颜料染的布卖出去，不是坑人吗……"我不明白的是他们为什么跟游客说他们的印花蓝布是纯手工织就、绿色植物浸染而成的。

3

除了偶尔出来卖印花蓝布，奶奶很少走出她的老宅。奶奶总是不急不躁地织布，不急不躁地给她的粗布染上她家祖传的几种图案。累了的时候，奶奶喜欢坐在院子里的桂花树下，将我抱在怀里，闭着眼睛温柔地抚摸着我。奶奶的抚摸令我很舒服很惬意，但我可不喜欢老老实实地待在那里。我会趁奶奶不注意噌的一下子蹿出奶奶的怀抱，溜出去玩耍。奶奶就会嗔怒地说："你就不能安静地在我怀里多躺一会儿？"

菖蒲巷多热闹啊，熙熙攘攘的人流，各种腔调的喊价还价声。我喜欢菖蒲巷以宁静打底的喧嚣。我会想方设法到菖蒲巷里去转一转。那天奶奶慢悠悠地织布的时候，我又想到菖蒲巷去转一转，可是门却被奶奶在里面闩上了。门闩那么高，我可够不着。环视四周，目光落在了院子里的那棵桂花树上，桂花树的一根细小的枝丫斜斜地向外伸展，眼看就要伸到墙头上了。只要爬上树，再蹦到墙头上，就能顺着墙头滑到菖蒲巷了。

或许是遗传使然，虽然是第一次爬树，但是没几下我就爬到了那根枝丫前。我颤巍巍地抓住那根细小的枝丫，慢慢地挪动着脚步，那枝丫随着我的动作而晃动起来，越往前走，枝丫晃动得越厉害。或许是第一次爬树，或者紧张的缘故，走到一半的时候，竟然一脚踩空，眼见就要摔下去了，慌乱中我的一只脚勾住了那根枝丫。倒挂的身体随着枝丫的大幅晃动而上下起伏。我瞥了一眼下面，离地面足足有三米高，要是头朝下摔下去还不知道会怎么样。

我吓得哭了起来。

奶奶听到我的哭声，循声过来，生气地说："你这淘气的孩子，你想要干什么？"

奶奶迅速搬来一张桌子，又在桌子上放了一把椅子，她颤颤巍巍地爬上桌子，又颤颤巍巍地爬上椅子，奶奶的手刚接触到我的那一刻，我浑身的力气都用完了，脚一松，软软地躺在了奶奶的臂弯里。

4

奶奶总是嫌我太过顽皮，就连吃饭的时候也不老实，一会儿蹲在椅子上，一会又蹦到桌子上。奶奶家里的三只碗五个盘子已经被我打碎了，奶奶生气地说："哪有这么顽皮的女孩儿子！如果再打碎东西，就把饭直接放在地上给你吃。"我知道奶奶说的是气话，仍然我行我素。有一次竟然爬到了房顶，并从房顶上滚下来……不过令人称奇的是，我竟然毫发未损。不过这事到现在为止奶奶还不知道，要不奶奶肯定会拿根绳子把我拴在家里。

奶奶家的屋檐下挂着一块过年吃剩的腊肉。奶奶家的腊肉是秘制的，与市面上的腊肉做法不同，奶奶家的腊肉选用的是新鲜黑猪五花肉，经腌渍、晾晒、烟熏、笼蒸等几道工序后，直接挂在屋檐下阴干，什么时候想吃了直接割下一块，开水洗掉上面的灰尘即可。奶奶的腊肉肥而不腻、瘦而不柴。腊肉阴干的时间越长，其色泽就越鲜亮，口感也越好。

奶奶屋檐下的这块腊肉是留给她孙子淘淘的，淘淘打来电话说，想吃奶奶家的腊肉了，一闭上眼睛就会想起奶奶家的腊肉。奶奶就笑了，说："给你留着，不给你吃给谁啊。快到暑假了，一放假就要来啊，要不我可留不住嘴……"

"奶奶，你不准吃，一定要给我留着啊！"

"哈哈……"

两人的谈话更勾起了我肚子里的馋虫，我从来没有尝过奶奶家的腊肉的味道。

我对这块腊肉垂涎已久了！

奶奶看得紧，一直没有机会下手。终于有一天，趁奶奶到菖蒲巷卖印花蓝布的时候，我得手了！我敢说，奶奶如果到菖蒲巷卖她做的腊肉一定比卖印花蓝布要受欢迎得多。那腊肉味道好，色泽好，可以称得上人间美味了。

我大快朵颐、大呼过瘾，连门开了都没察觉。奶奶先是气呼呼地瞪着我，一句话不说，然后又四处瞅瞅，终于发现了墙角的扫帚，抓起来就要打我。

见事不好，我拔腿就跑！

5

我飞了起来。

奶奶追我追到一条公路的路口时，我飞了起来。

由于怕奶奶摔倒，我边跑边回头看奶奶。到那条公路的路口时，我只是一回头，那车便来了。那车真快啊，和我接触的瞬间我便飞了起来。飞起来的瞬间，我觉得我的五脏六腑都要碎了，我觉得很疼，但是又说不清哪里疼。感觉哪里都疼，又都不疼。飞起来的瞬间，我看见那辆车它真漂亮，车头上有个圆圈，圈里有三把散开的剑，我之前也见过这种车，听说很贵，听说这车叫奔驰。飞起来的瞬间，我发现坐在车里的那位姐姐真美，她长发披肩，齿白唇红，她还戴着一副大大的茶色眼镜，可惜我看不清她的眼睛。开车的那个伯伯也戴着眼镜，黑色的，伯伯有些胖，我觉得他有些眼熟，好像在本地的电视新闻中露过脸。飞起来的瞬间，我看见奶奶木木地站在路边，手里的扫帚掉了都不知道捡……

奶奶抱着我，木然地穿过弥散着淡淡菖蒲味的小巷。奶奶坐在老宅的桂花树下，在这晚春的暖阳里，轻轻地用颤抖的手擦拭我嘴角不断流出的血，喃喃地说："不是说猫有九条命吗，你可不能离开我啊……"

是的，我是一只猫，是她在那个冬天收留了我，像对待孙女一样宠着我，爱着我。我觉得身子越来越软，越来越轻了，我想睁开眼睛再看一眼这个宠我、爱我的奶奶。一滴水滴进了我的眼里，我知道那是奶奶的眼泪。在这个晚春的夕阳中，在充满淡淡的菖蒲味的小巷，在这个老宅的桂花树下，在奶奶温暖的臂弯里，我轻轻地、幸福地闭上了眼睛……

我隐隐约约听到奶奶对我说的最后一句话："你终于肯安静地躺在我的怀里了……"

失踪的拖鞋

爸爸早晨一起来就泡在书房里鼓捣电脑，我跑到爸爸那里拽着他的胳膊，说："好不容易等到你周末休班，我们全家一起到外面玩玩吧。"

爸爸头也不抬，有些不耐烦地回答："没看我正忙工作吗？你先自己玩吧……"

工作，工作，就知道工作！单位里干不完，还把工作搬家里来！

"真是的！"我有些委屈有些气愤地甩上了书房的门到客厅看电视去了。

大约过了两个小时，书房那边传来爸爸的声音："江小北，你帮我拿支笔来！"

"这时候想到我了，要拿自己去拿，我才不干呢！"

这话只是在脑子里瞬间闪过，我可没说。

我装作没听见，继续看我的动画片《喜羊羊与灰太狼》。

"江小北，"爸爸见我没动静，就走到我的身边问我，"生爸爸的气了？"

"没看我正忙着看电视吗？有何贵干？"我一直盯着电视看也不看他一眼，故意模仿他的语气回答。

"我的宝贝儿子真生气了。"爸爸用手蹭了下我的头发，蹲在了我的面前，他高大魁梧的身躯立即将电视遮得严严实实，我索性往沙发上一仰，闭上了眼睛。

“我们做个小游戏吧，你赢了我请你吃肯德基。”

“这还差不多。”爸爸提议做游戏时我本来想拒绝的，但是听到“肯德基”三个字后我把头扭过来，露出了一脸灿烂的笑容。

我的意志总是那么脆弱，本来是想和“敌人”抗争到底的，可是一点儿小恩小惠就把我收买了，乖乖地做了俘虏。

“玩什么？”

“玩一个简单的找鞋的游戏吧，”爸爸思考了足足有十秒钟，“一个人藏鞋，另外一个人找。每人藏三次，就藏我这双拖鞋吧。”

爸爸一直是个无趣的人，对于他能想出什么好玩的游戏，我——他的儿子是根本不报任何希望的。

可是，这种“藏鞋”的游戏，也有点儿太低级了吧？

就陪他玩一场吧，谁让人家掌握着“财政大权”呢。

俗话说，最危险的地方也是最安全的地方。我的眼睛在屋子里只扫了一下，便把目标锁定在了鞋架上。鞋架就放在刚进门的地方，上面放满了各式各样的鞋子。我把第二层的一双鞋拿到第一层上，又把爸爸的拖鞋放到了第二层上。

躲在书房里的爸爸问：“好了吗？好了我就出来了啊……”

爸爸狐疑地东瞅瞅西瞧瞧，围着屋子转了一圈便把那双拖鞋找到了。

“藏得也太容易找了吧？”爸爸扬扬得意地举着拖鞋对我炫耀。

不就是把拖鞋找到了吗，有什么好得意的？这回要给你点儿颜色看看，让你知道我的厉害！

等我藏好后，爸爸从书房里走了出来，他又东瞅瞅西看看，围着屋子转了一圈后，并没有发现拖鞋藏在了哪里。

“你小子这次藏得很隐蔽。”爸爸盯着我看，笑了笑。

“要是输了，我可要多给你‘放点儿血’，狠狠地宰你一顿！”我也冲着爸爸笑了笑。

“一定是藏这里了。”爸爸指了指茶几下面的鞋盒子，望着我说。

我故意皱了下眉头，让爸爸捕捉到我神情的瞬间变化。

“呵呵，你皱眉头了，猜到你心里去了吧？”

“没，没有，怎么可能藏那里呢？你看它还封得好好的……”我慌张地回答，稍微平静了下后又无所谓地说，“不信你就打开看看呗。”

爸爸把鞋盒子放在茶几上，沿着盒中间的缝隙用小刀划开了上面的胶带，他又得意地看了我一眼，伸手便要打开盒盖。

“啊！”爸爸尖叫一声，瘫坐在沙发上，“吓死我了！”

果然上当！

“啊，呜呜……”一个披头散发满口獠牙露着长长的红舌头的鬼头玩具随着底下的弹簧一上一下地颤动着，底座里的音乐盒发出了恐怖的鬼叫声。鬼头玩具下面便是那双拖鞋。

“不好玩，不好玩，这样可不好玩！”爸爸心有余悸地对我说，“不能再玩这么恐怖的游戏了，快被你吓死了。”

我紧闭了嘴忍住没笑出声来，谁让他小瞧我呢，就是要让你知道我的厉害！

还剩最后一次机会了，把鞋藏在哪里最保险呢？我脑子在飞速地转动，最后我想到了垃圾桶，爸爸一定想不到我会把他的拖鞋藏在垃圾桶里。

垃圾桶可是个藏东西的好地方。

床底下，衣橱上，沙发后，鞋架间……爸爸把整个房间几乎都搜了个遍也没找到。我正暗自高兴，爸爸说："该不是藏这里了吧？"说着他便掀开了垃圾桶的盖子。

不好，爸爸发现了垃圾桶！

"啊，我可怜的鞋啊，你本来就够臭的了，我那调皮的儿子又把你给藏在这里了……"爸爸刚刚还被鬼头玩具吓得大惊失色呢，现在却又装作很悲伤的样子抚摸着他的那双拖鞋。我忍不住被爸爸那幽默、滑稽的样子逗笑了。

轮到爸爸藏拖鞋了。

我刚关上书房的门，爸爸便说藏好了。速度还真快，藏的地方也一定很容易找到。

我找了椅子底，没有。鞋架上，没有。衣柜里，没有。我把房间里能找的地方都找了个遍，仍没找到。

真是奇怪了，爸爸把它们藏哪里去了呢？我这样想着，脚无意中碰倒了垃圾桶，我刚要扶，发现一只拖鞋从垃圾里露了出来，我说："你也把它们藏这里了？"

"不可以吗？"

"可是，我藏过了啊？"

"你能藏，别人就不能藏了吗？"

……

吸取了第一次的经验，第二次找的时候，我专门找了那个鞋盒子，可是没有，我又找了鞋架，仍没有。

真是个怪爸爸，我围着屋子转了一圈，甚至连冰箱的门都打开了，仍没找到那双拖鞋。奇了怪了，家里还有什么地方能藏那双拖鞋呢?

我又看到了那个垃圾桶，不会藏在里面了吧?绝对不会，爸爸已经藏过了。虽然这样想，但是我的手还是不由自主地掀起了垃圾桶的盖子——

那双鞋安安稳稳地躺在垃圾桶里!

这样也可以?爸爸明明上次就把它们藏里面了啊?我迷茫地看着爸爸足足有十秒钟!

“哈哈哈哈……”我想起几分钟前爸爸在垃圾桶里发现这双鞋时的滑稽样子。

“哈哈哈哈……”爸爸也开怀大笑。

这个狡猾的爸爸!

第三次，爸爸藏了很久才让我出来。

爸爸是只狡猾的老狐狸，他已经两次把那双拖鞋藏在垃圾桶里了，这次他一定会故技重演。

我满怀信心地掀起了垃圾桶的盖子——

里面除了垃圾，什么都没有!

怎么会没有呢?

我看看爸爸，爸爸看着我，他说：“你再仔细地找找。”

我又找门后、鞋架、衣柜、橱子底、鞋盒子、冰箱，甚至还开了门看了看走廊，仍没有找到那双鞋。

我几乎把整个家都翻了个遍，仍没有发现那双鞋的蛛丝马迹。

那双鞋难道长了脚，逃跑了?抑或长了翅膀，飞走了?

“你没有把它们扔了吧？”

“没有！”

“它们还在这屋子里？”

“是的！”

我又把房间找了个遍，仍没有找到。爸爸一定给那双鞋施了魔法，让它们“隐形”了。

我黯然地坐在沙发上，想象着肯德基里那些美味的鸡翅、鸡腿到了我的嘴边又飞走了。

“哈哈，服了吧？不过你亲爱的爸爸还是要带你到肯德基大吃一顿，先等下啊，我去换双鞋子……”

我一听又来了精神：“那就快去吧，还换什么鞋子？”我下意识地瞅了下爸爸的脚：

那双我百般寻觅却不得的拖鞋，竟然就在爸爸的脚上。

爸爸冲我笑了笑，向鞋架走去……

一双凉鞋

奶奶是一个非常爱孩子的人，每次见到别人抱着孩子她就显得很兴奋，总是要跑过去抱抱人家的孩子，而别人总会恶狠狠地对她吼："滚！"

奶奶是一个疯子。

三年前奶奶还是一个非常受人尊重的乡下老师，那时叔叔婶婶上班忙，就把他们的儿子智浩交给奶奶照看。别看智浩那时只有四岁，却专爱找比他大好几岁的孩子玩。那时奶奶家住在河边，她怕智浩到处乱跑，所以她总是看得很紧，生怕他又和那些孩子到河边玩水、摸鱼。

奶奶无论干什么事都喜欢领着智浩，偶尔也会把他锁在家里，自己下地干活。但是奶奶家的门缝宽，智浩总能轻而易举地从门缝里钻出来。奶奶后来发明了一种方法，一端拴住智浩的手，一端拴在桌子腿上，四岁的智浩就没有那么多的智慧把绳子解开了。

智浩还是出事了！那天中午奶奶搂着智浩午睡，智浩看奶奶睡着后偷偷地从床上溜了出去。奶奶是被邻居叫醒的，她正睡得香呢，邻居说："你怎么还在睡觉？你家智浩出大事了……"

奶奶跌跌撞撞地来到河边，这时河岸上已经围了一堆人，那一堆人的中间躺着一个小孩，红色的衣服显得特别扎眼，奶奶一下子就摔倒在了河滩上。那身衣服，她太熟悉了，那是上次赶集的时候她给智浩买的。

智浩趁奶奶熟睡的时候偷偷出去约了小孩子到河里洗澡，这一次他的生命被葬送在了河里……

奶奶在被婶婶大骂一顿后就疯了，看到别人的孩子，她总要追着过去抱，而别人总会骂她几句然后迅速地走开。

不久之后奶奶便失踪了，一家人找了一个星期也没找到……再后来河下游发现了一具老人的尸体，老人的手里还紧紧地抓着一双凉鞋，叔叔说，那双鞋是智浩的……

一盒月饼的中秋

数学一直让他头疼。高二那年他的数学成绩更是一落千丈。他特别讨厌他的数学老师，那位老师太势利，对学习好的学生满脸堆笑，而对那些差生却一脸狰狞，他讨厌数学老师的结果是他的数学成绩越来越差。

他的脑子里无数次闪过一个念头：不行就不上了，反正也考不上大学。这样想的时候，他很内疚。因为父母含辛茹苦地供他上学就是希望有朝一日他考上大学，改变面朝黄土、背朝天的命运。

高二那年的中秋节，上午放学时老师说："今天下午不上课了，放假！"

他挤上公交车时大约是在五点，他本来打算不回家的。学校只放半天假，他往家里打电话说他不回去了。但到下午近四点的时候就没人了，他觉得有点儿害怕、孤独。

他想到每个家庭都围着饭桌喝酒、吃月饼，而自己一个人在空寂的校园里，独守一份惆怅和思念。

这一天是中秋节。

每辆车都挤满了人，他已经向四辆到他家方向的车招过手，但车都没有停，他知道那车里黑压压的一片是一群回家团聚的人。天渐渐黑了下来，终于又有一辆车向他驶来，车内又是黑压压的一群人，他不抱任何希望地招手……

车竟然停了下来。

他有些意外。

车门缓缓地开了。他听见一片抱怨的声音：

“上不来了，上不来了！”

“挤死了！”

……

司机说话了：“都是急着回家团聚的，都谅解一下！”

在他挤了近两分钟后，车门擦着他的身体关上了……

车速极慢，路上又挤上了四个人。他记得他们上车的时候他也曾说过“别上了，挤不下了！”之类的话。

他想，他没上车前，是多么渴望自己能挤进去，然而，挤进去之后，又不希望再让别人上来。

七点多的时候车到站了。终点站，离他家还有十五里的路。黑漆漆的夜和闪着耀眼灯光的车瞬间从他的身边驶过，没有一辆车肯停下来捎他回家

公交车停运了。他坐的那辆是最后一班车。

摸黑走到家里的时候已近九点，父母早就睡了，他敲了半天门，母亲才慢腾腾地开了门，第一句话就问：“怎么回来的？”

那一刻，他流下了泪。父亲也披衣起来，问他有没有吃饭，但他翻了半天也没找出什么好吃的东西来，他很内疚地说：“本来打算杀只小鸡的，你说不回来，就没杀……要不吃块月饼吧？”

那是当时市场上最便宜的月饼。青红丝的，上面还盖了红印。

望着父母，他知道了，清冷的家里，一盒月饼便等于是过中秋了。

月饼吃到一半，他说："不吃了，累了，睡吧！"

躺在床上，泪无声地滑落。他想了许多，想到了辛劳的父母，想到了他们斑白的头发，想到了一盒月饼的中秋……

返校以后，他变得更加沉默寡言，整天埋在书堆里。再后来他当了一名老师，就坐在我的对面。

"奋斗改变命运，梦想让我们与众不同。那年的中秋节我知道了奋斗不仅仅是为了自己，更为了对得起关爱自己的人"，同事这样总结他的故事，"每年的中秋节都回家看看吧，无论是正仕途得意，还是正为了生存整日奔波。在父母的眼里，中秋节一家人能聚在一起吃顿饭就是一种幸福。"

写给儿子

2009年9月5日农历七月十七下午4点56分，经剖宫产，你顺利来到这个世界，时间比预期延迟了一周。体重3850克，身高50厘米，健康。

你的降生之初便充满了坎坷。当初你的妈妈感冒了，吃了些药，后来知道已怀了你，怕对你不好，但又舍不得放弃你。后来二十多周的时候检查，竟然查出你属于唐氏综合征高危人群。你妈妈原来的电话废弃不用，医院联系不到我们，导致本该提前两周拿到的结果，直到自己去取时才拿到，但是这时能复检的日子早已过了。医生说必须做羊水穿刺，而且临沂做不了，只能到济南。

我顿感无力，你的妈妈不停地流泪，我们的脑子里想的最多的是该怎么办。

回家已身心疲惫，躺在床上睡去。等再醒来，你的妈妈还在默默地流泪。

次日，我们便驱车赶往人生地不熟的济南。入住简陋的宾馆，打车到济南妇幼保健院，可惜手术当天还不能做，需等到两天后。

其间，到黑虎泉、济南人民广场转了转。天气炎热，屡次偷偷地用钥匙开启宾馆的空调。（开空调要额外收费，为了省钱，当时没要求开。）

五天后我和你妈回家等结果，医生说大约需要一个月的时间。赶回学校，继续忐忑不安地上班。几周过后心稍安，医生给你妈打来电话，说羊水浑浊，细胞培养失败，并有血样，可能有过小产。（我们推测，怀孕之初，你妈妈曾经生过气，伤了身体。）需要重新做一次羊水穿刺或者到齐鲁医院采集脐带血检查。

泪伴随着恐惧再一次到来。

去还是不去？

你妈妈哭着说她恨济南，再也不想去了……

托亲戚到临沂中医院找熟人检查，其间听说罗庄人民医院有四维彩超，能清晰地看见孩子身体的各个部位（唐氏综合征患儿的面部明显和正常婴儿不一样），又直接坐车到了那里，亲戚又托亲戚找熟人检查。

似乎没有多大的问题……

上了班，你妈妈挺着大肚子在暑假里加班。其间许多人问我们你是男孩儿还是女孩儿，也曾有当医生的同学说可以帮忙查一下。我们不在乎你是男孩儿还是女孩儿，我们只希望你能健健康康。这已足够。

其间，济南妇幼保健院又把检查结果邮寄了过来，上面写的是正常。不知道试验失败了为什么还会有结果，怕影响心情，没理会。

我们相信你是健康的，无论男女，都要把你生下来。

8 月 29 日是你的预产期，但是你却不肯从妈妈的身体里出来，一直拖到 9 月 5 日。

我们之前就知道你的脐带绕颈两周，剖宫产的可能性大。

早晨，你妈妈一点儿饭都没吃就到了医院，正好邻居的亲戚就是医院的医生，跑前跑后帮了不少忙，说少喝点儿小米粥补充下营养，我们问不是不能吃饭吗，一位医生说吃饭有吃饭的方法，不吃有不吃的方法。中午出去吃饭，喝了点儿母鸡汤。下午回来，医生却说不可以吃饭，因此手术推迟了一个半小时。

至当日下午 5 点医生才抱出了你，告知我们你是 4 点 56 分出生的男孩儿子。

我们给你起名叫江小北。这个名字源于你爱好写作的爸爸写的一篇校园小说中的人物。你妈喜欢，决定用。

这就是关于你出生的一些事。

爱你的爸爸妈妈

2009 年 9 月 10 日

磨难，人生的另一种财富

作为你的哥哥，我觉得很有必要和你谈谈我的一些看法。

由于高考没考好，你只上了一所专科大学。你很失落，觉得上那样的大学委屈了自己。你经常向我抱怨："学校真是太烂了，纯粹是为了赚钱，外聘的几个老师照本宣科上完了课就走人，哪里管学生会不会？"

你这样说时我也义愤填膺。我也是一名教师，深爱着我所从事的事业。虽然教师和其他职业一样，是一种谋生的手段。但教师又不只是一种谋生的手段。教师担负着传道授业解惑的重大使命，一名教师从执教之初到退休，从他手里送走的学生千千万万。从某种程度上来说，这些学生的优劣，和他的教师的教学能力的高低分不开。

我也是从一所普通大学里出来的，这你也知道。你到我们学校找我时，用不屑的口气问："这也是大学？"你说的话让我有些无地自容，因为，哥哥没能给你树立一个好的榜样。那年冬天我们坐了火车到你就读的海滨城市。那是我第一次坐火车，第一次见到大海，第一次见到那么漂亮的学校。说实话，哥哥是羡慕你的。不管怎么说，你还是走出了我们那个小城，到外面的世界生活过，而我连出去的机会都没有。那一晚，在你的寝室里，我一口气写了四首诗，心情格外激动。

可贵的是，你并没有在这所大学里迷失自己，你一直坚信，再好的大学也有差学生，再差的大学也有好学生。当你的同学都沉迷于网络游戏时，你在学校的小树林里背单词；当你的同学花前月下、热火朝天地谈恋爱时，你一个人在阅览室里复习功课。受我的影响，你也拿起笔，开始写作。虽然只写了几篇，但篇篇都有分量，你写的第四篇文章就已经发表了，而且是发表在了《成功之路》这样的省级刊物上。要知道，哥哥写了两年，才有一篇不足千字的文章在市里的晚报上发表。

充实的生活让你找到了自信。你对我说，你的外语水平完全可以过六级了，哥哥真的为你骄傲。要知道，哥哥考英语三级时还是补考通过的。虽然自恃大学期间就发表了一百多篇文章，但那只是勤奋的结果。哥哥写的大部分的文章都被退稿。哥哥是愚笨的，但是我一直坚信：天道酬勤！写的文章多了，总会有一篇让人眼前为之一亮。

专升本时，你毫不犹豫地就填报了师大——这是你们所能报的级别最高的学校。除了一个和你学习成绩差不多的女同学，没有第三个同学敢报。但造化弄人，你竟然以2.5分之差没有考上。

升学的失败并没有让你一蹶不振。家里本来打算让你先找份轻松的工作先干着，不耽误复习功课，等来年报考教师。你的脾气又来了，说天天和小孩在一起没出息，你说什么也不愿意选择这个职业。你说你要从哪里跌倒从哪里爬起来，你坚持要到就读的海滨城市找工作，并扬言赚不到十万块钱不回来。

这话说完仅仅三个月你就回来了，一脸的懊恼与愧疚。你并没有带回十万块钱，走前给你的一千块钱也所剩无几，甚至连你的身份证也丢失在了那个海滨城市的某个你并不知道的角落里。

你回来了，像一只受伤的兔子，温顺了许多。你在那里想找份你所期望的工作，但是待遇稍微高一点儿的就会把你拒之门外。你在网上看到我们这里招考教师的信息，就火速地赶了过来，你说还是当教师比较稳妥。

父母自然是很高兴，出去了半年，你还是回到了起点——老老实实在家复习准备考取教师。

这一次竟然又失败了。你沉默了，母亲却哭哭啼啼地怪你当初不努力。我则认为这是情理之中的事，你的理想并不是当教师。当教师只是你在迫不得已的情况下才做出的选择。结果就是教师这个行业也不接纳你。

你不要以为哥哥是在笑话你。我只是想告诉你，做任何事，只有全力以赴，才有可能做好。你以后的路还很长，但是，任何情况下都不要存在侥幸心理。

此后你又当过小工厂的会计，玻璃厂的工人，KTV 的领班……这些都是你以前考虑都没考虑过的“卑微”的工作，但是你还是被他们骗了，他们不给你应当得到的工资。你的手机打不通，我给你交了话费才知道，你竟然连回家的路费都没有。更糟糕的是，你的钱包、手机还有身份证也丢失了……

我想你自己都觉得自己够潦倒、落魄了吧？所以，你宁肯衣穿不暖饭吃不饱也不回家。你以为逃避有用吗？那你就错了。终究，你还是要面对现实的。

你嫂子的哥哥是一名路桥工程师。经他设计的道路、桥梁不计其数。他曾经给我说过这样的一件事：坎坷不平弯弯曲曲的道路很少发生交通事故；越是平坦笔直的路发生的交通事故越多。一方面我们铺设好的道路提高了车速，另一方面却要面对交通事故引发的高死亡率。究其原因，竟然是道路太好了，人们放松了警惕，才导致悲剧的发生。所以现在的道路总是人为地设几个小弯，让司机时刻保持警惕。

告诉你这件事是想告诉你：一帆风顺并不见得就是好事。人生的道路上多些波折是人生的一笔无形的财富。

第4章 化一捧雪温暖你

生命中，总有一些人像风吹过一般与我们擦肩而过，不留下任何痕迹；而又总有那么一些人，虽然彼此间不曾相识相知，却能穿越历史的尘埃，跨越万水千山，给我们带来不期而遇的温暖。

化一捧雪温暖你

全球气候都变暖了，可是我的手还是年年冻伤。一到这时候，手上都是冻伤后留下的痂，还不停地往外渗血水。整个手都被冻得肿起来。别人看着我的手为我难过，我总会自嘲似的想起英国诗人雪莱的诗句：冬天来了，春天还会远吗？春天一到，手一消肿，我就不用再承受这种痛苦了。

为了我这双“娇贵”的手，母亲想了很多办法：涂抹药水、用中药水烫、戴着厚手套、春天用冬天储藏的雪水擦手……但这些统统不管用，母亲年年都能打听到治冻疮的新方法，但我的手还是年年冻伤……

手上的冻疮让我的脾气也变得暴躁起来。这天上课时，后排靠窗台的李如龙趴在桌子上又在和同桌“开会”了。我用眼睛瞪了他一眼，他看到我瞪他，坐正了身子。

这个李如龙，谁见谁头疼。我刚接这个班的时候，他以前的班主任就曾对我说过，李如龙从小娇生惯养，自私自利，动不动就欺负弱小的同学。四年级的时候就有向女同学“收保护费”的不良记录，被老师知道教训了一顿后，收敛了许多。

自从我接管了这个班级后，李如龙的表现基本上还算可以，虽然调皮了些但也没惹出什么事，劳动表现特别积极，我还在班里多次表扬他。

没过几分钟，他又不老实了，低着头手指向外指指，让他同桌向外看。我有些恼怒了，自己不听课也就罢了，还要拉一个人和他一起不听课。

“李如龙，”我一声大喝，他条件反射地站了起来，班里所有学生都看向他，“请你重复一下老师刚才说的话！”

他刚才在走神，不可能知道我说了什么。我故意让他出糗。众目睽睽之下他抓耳挠腮了半天也没说出一个字。

“刚才老师说了什么，你重复一遍。”明知道他不可能说出来，我还是问了他一遍，我要让他长长记性，让他知道上课走神是不应该的。

“刚才老师说了什么，你重复一遍……”他小子竟然把我让他站起来后说的话说了一遍，我哭笑不得，学生半天才反应过来， 然后“哄”的一下子就笑了。

“上一句！”

“请你重复一下老师刚才说的话。”笑声更大了，我知道他们是在笑李如龙不听课招致的下场。但我却有些尴尬，因为从逻辑上说，他的答案并没有错。

“上一句！”

“李如龙。”他大声地喊出了自己的名字，学着一分钟前我说话的声调。这次没有学生再笑了，他们料到，暴风骤雨就要来了——李如龙做得实在太过分了。所有学生都端端正正地坐再那里，没有人再敢做除了呼吸外的任何动作。

“回答得非常正确。请坐！”原本打算狠狠地训他一顿，话到嘴边却又改了。他是个聪明的孩子，可惜的是他把聪明用错了地方。对于他这种调皮的学生，硬碰硬是没多大效果的，何不来个以柔克刚?

他不敢相信自己的耳朵似的愣在了那里，其他学生也都目瞪口呆、不知所措。

继续上课。没过几分钟，李如龙又把他的右手举了起来。这个学生真是没治了！你不要以为他是在回答问题——刚才我根本就没有提任何问题。

“你又有什么事？”我有些不耐烦了。

“老师，我要上厕所……”真是让人哭笑不得，谁知道他是真上厕所，还是又想出了什么鬼主意。

我冲他摆了摆手。随他去吧，这节课他是上不安稳了。

下课了才发现，外面雪下个不停。这是我们这里，2008年的第一场雪。记得昨天还和同事说过，今年的雪看来又没影了。孰料，今天老天爷就否定了我们昨天的结论。

操场上到处是欢快的学生。白雪轻飘飘地落下，雪花到处纷飞。昨天还惋惜今年无雪的同事，这时又讨论起这么大的雪下班怎么回家的问题。我又想到了我的双手，看来它们又要变变样儿了。

我有点儿想笑，我们总是比儿童多想那么一点点，或许这就是孩子比我们成年人快乐的原因吧。

班长徐晨晨给我打小报告，说李如龙根本就没有上厕所，他玩雪去了。一下课他就拿了一大包雪到了教室。我说他上课时怎么那么不老实呢，原来靠近窗户的他早就发现下雪了，他只想着出去玩。

“把他给我叫来！”我的火上来了！

李如龙进来的时候，手里还捧着一个大雪球。

我板着脸问他："你上课出去干什么了？"

"弄雪了……"他还算老实，没再说是去上厕所。

"弄雪干什么，不知道是上课时间吗？"

"弄了雪送给你……"我要雪干什么？真是滑稽！我什么时候对他说过我需要雪了！

"接着说！"

"我奶奶说，用第一场雪的雪水洗手，可以治疗冻疮，"我有点儿不相信自己的耳朵，"老师，你的手……"

我握住他那双被雪冻得通红的手，久久地，无言以对。这是一份多么珍贵的礼物啊。这个曾经让老师头疼、被忽视的"差生"，是那么细心，他记得奶奶无意中说过的一句话。记得在下第一场雪的时候，给并不是很喜欢他的老师送去一捧雪治冻疮……

热泪盈眶地收下这捧饱含温情的雪，小心地珍藏好。等来年春天雪化后，我还要用雪水洗洗手——虽然早在三年前，母亲就让我试过这个土方，但是没有任何效果……

有爱滑过柔软的心间

“老师，陈梅上课吃东西！”

又是苗秀磊在给我“检举”上课不守纪律的学生。我正绘声绘色地给学生讲故事，听到他的话，所有学生都把目光聚集在陈梅的身上。我不得不停下。一年级的小孩子就是麻烦多。鸡毛蒜皮的事儿也找老师打报告。就拿苗秀磊来说吧，这是个非常调皮的孩子，不怎么爱学习，上课爱东张西望，下课爱欺负同学。以前经常有别的孩子打小报告说他又欺负自己了。那次他在课堂上检举他的同桌上课玩玩具，我当堂表扬了他。谁知道表扬起了反作用，为了得到老师的表扬，他上课更爱走神去观察别的同学了。

我面有愠色地看着他们两个人：“有问题应该怎么做啊？”所有同学立即左手平铺桌面，右手垫在左手的手背上，笔直地举了起来。苗秀磊瞬间就把头低下了，他领悟得很对，他知道老师是在批评他有事时不举手就说话。

我深情地看了他一眼说：“大家看苗秀磊做得多规范。”其实我说这话时他还低着头，但我刚说完，在别的同学还没有来得及看他的时候，他已经腰板挺直、手规范地举了起来。等别的学生看了他以后，也都立即学着他的样子坐得板板正正的。

我表扬了苗秀磊是全班同学都知道的，但我对他的批评只有他自己能体会到。

再看陈梅，她已稍稍放松了些。我过去，摸着她的头："告诉老师，为什么上课吃东西？"她的头又立时低了下去，脸红红的。

"没事的，告诉老师……"陈梅一直是个很听话而腼腆的孩子，从不给我惹麻烦，学习很好，还是我培养的小老师呢。她有些怕老师，仍是默不作声，胆怯地看着我。我也目光柔和地看着她……

"太饿了……"她这样说时，我差点儿笑了出来。是啊，有什么比吃饭更重要的呢？在饥饿面前谈什么都是假的，更何况自制力差的一年级小学生了。

"早晨吃饭了吗？"

"没有……"

是不是有许多学生都没吃饭呢？我想不止她一人没吃早饭。我让没吃早饭的学生举手，出乎我意料的是竟然有一半多的学生把小手举了起来。问了一圈，我总算知道这些孩子不吃早饭的原因了。这些农村的孩子，父母早早起来就要外出打工，留在家里不放心，就早早地叫醒孩子，他们来不及吃饭就被送到了学校。几节课下来，不饿才怪！

脑子里忽然闪过幼时头埋在课桌底下偷吃煎饼的情景：想吃又怕被老师看见挨批评，但饥饿感实在难以忍受。吃还是不吃？脑子里不断闪现这个问题。终于还是没忍住，趁老师在黑板抄东西的片刻，低下头，照着煎饼就狠狠地咬一口！然后就狼吞虎咽起来，没等嚼碎就生生咽下去。如果噎着也不敢吱声，只有使劲儿咽唾沫。假如老师忽然之间回过头来，是断然不敢再咀嚼的，嘴巴老老实实地闭着，装作很认真的样子……好在并没有人“举报”，那时家里普遍穷，没有钱买零食，谁没有课堂上背着老师偷吃东西的经历？

“明天上午最后一节课，每位同学都拿来一些零食，我们上节零食课。”我惊讶自己怎么想出这么大胆的主意，他们都高兴地叫起来……

孩子们都有些兴奋，老远就听到了他们叽叽喳喳的声音。我走进教室看到他们坐得整整齐齐的，桌子上放着自己爱吃的零食。我笑了，他们的记性可真好，我都差点儿忘记了昨天说的话。

一声令下，他们就像一群蚂蚁一样忙活开了，有的解方便袋，有的撕包装，有的早就把嘴巴塞得满满的……看着他们天真活泼的样子，我会心地笑了。这才是他们最喜欢做的事啊。学生真的爱上我们的课吗？他们真的爱做我们布置的作业吗？不可否认，这里面带有许多“不得不做”的强迫意味。假如我们的学生像爱吃零食那样热爱学习，那我们还有什么苛求呢？

这样想着，目光滑过所有孩子。当看到那个叫壮壮的孩子时，我的心顿时很痛。这个可怜的孩子，父母离异，跟着他眼盲的爸爸靠别人的救济生活。吃饭都成问题，他哪里有钱买零食啊？他把头垫在胳膊上，忧郁的眼睛茫然而又充盈着羡慕、自卑……

“要不我再给大家讲个故事？”我不动声色地问。

“好！”他们立刻就欢呼雀跃起来。

这是一个小男孩儿儿的故事。他五岁时爸爸领着他从山东到青海找他的妈妈，他们是一路上乞讨着去的。后来他上学了，但他中午从来不吃饭，同学把剩下的饭给他，但他宁愿喝凉水也不吃……

我看到了许多孩子眼角的泪水。忽然一个孩子说:“是壮壮!那个小孩儿是壮壮!”

那么多双眼睛看着我，我知道他们在等我给他们一个肯定的答案。

“那个小男孩儿儿……就是壮壮!”我有些激动。

“壮壮，你吃我的吧!”昨天还和壮壮打架的安绪伟，一把把他的零食塞到壮壮的怀里……

“壮壮吃我的!”

“壮壮，咱一庄的，吃我的!”

“壮壮，那天高照艳骂你了，别吃她的。我的好吃!”

“壮壮……”

壮壮的桌子上堆满了零食。泪水从我的眼角滑落……

关于日记及其他

每次在班里读我自己写的校园故事，学生总是老老实实地端坐在那里，充满期待地盯着我，一句话也不说。每有新的作品创作出来，我总是第一时间读给我的学生听——他们是我作品的第一批小读者，我从现实生活中撷取素材创作出的那些反映小学生校园生活的故事总能博得他们本真的欢笑，抑或感动的泪水。

每次读完故事，学生总会好奇地向我打听故事的细节，问我为什么班级里发生了什么事情我都知道，那些看似平淡的事情怎么被我写出了“味道”……

我笑笑，给他们展示了几本厚厚的日记本——这是从教三年以来与学生有关的一些琐碎零星的记忆。我是个生性愚笨的人，总能把事情忘得一干二净，为了防止这些记忆从大脑中溜走，我总是在夜深人静的时候把当天班级里发生的事情或长或短地记录下来，几年下来，已经足足写了五个本子。

“秘密就在里面……”我告诉这群可爱的孩子。每每翻阅日记本，一篇篇或长或短的日记，总能让我回忆往昔，眼前浮现出事情发生时的场景。那些鲜活的形象和那些值得铭记的事情并没有因为时间的侵蚀而褪色，甚至荡然无存。

翻阅这些日记，就如重看一部老电影。熟悉的场景，熟悉的人物，哪怕有所遗忘，再次回顾了整部电影，情节也就回忆得差不多了。每当思维枯竭的时候，总习惯在某个落日的黄昏，自家阳台的躺椅上，慵懒地闭上眼睛，任落日的余晖浸染全身，回想往事，偶尔翻翻那些日记。

只有通过自己学生“审核”的那些作品我才有勇气投稿，“审核”不通过的，我会让他们提出具体的修改意见，然后再一遍遍地修改，直至让他们满意。那些经过学生“审核”的稿子，也几乎都能够发表。

我班的每一个孩子都是出色的“小导演”，他们每个人都有一个小本本，里面记录了当天发生的他们想“拍摄”下来作为资料保存的一些事情。那些事情长则几百字，少则几句话。那个小本本老师从来不检查，可是，他们总喜欢偷偷地把它们塞给我看。

好奇的眼睛

大学毕业前，我曾到一所小学实习，学校不大，却小有名气，因为每年这所学校的学生都能发表几百篇文章，这不仅在全市绝无仅有，恐怕在全省也不多见。在生源相对不好的情况下，可想而知学校的老师水平之高。

那次听课，我坐在最后一排，我发现那位老师的教学水平很高，很会调动学生的积极性，知识点也讲得清晰、明了。然而，在她让学生默写古诗这一环节时，几乎所有学生都忙着找本子写，与我南临的一个女生却找了三分钟才找出一张揉成一团的纸。其实，自上课时起这个女生就引起了我的注意，课上了十几分钟她才翻开书，还不时好奇地朝我的听课本上看两眼，看上面都写了些什么。我多次提醒她好好听课。当别的学生差不多都写完了时，我对她说：“我看看你写的！”她把那张皱巴巴的纸给了我，整张纸上只写了古诗的题目《惠崇春江晚景》。我小声问她：“你怎么不写啊？”她瞅瞅我，有些腼腆，又自顾自地翻她的书去了。与我北临的男生说：“老师，别理她，俺老师都不屑理她！”

听完他看似无意的话，我心里像打翻了五味瓶。仅仅四年级的学生啊，老师就不管了。或许这名学生学习真的很差，但作为老师，他的职责不仅仅是“传道，授业，解惑”，更应该是育人，积极地引导学生朝正确的方向发展。好学生谁都会教，差学生要教好。我不敢想象这个被老师遗忘的孩子，会受到多少来自家长、老师的训斥，多少来自同学的轻视。面对这些训斥、轻视，这个年仅十一二岁的小女孩儿会有何反应？她会不会觉得学校缺少温暖？如果家长再处理不当，她会不会破罐子破摔，走上歧途？

学生年龄尚小，可塑性极大。作为师长，岂能放弃学生？放弃学生说明自己的教学水平不高，对自己没信心！

行文至此，我想到了一个故事，大意是说，一个男孩儿子学习特别差，老是挨老师的训，幼儿园开家长会，老师问他妈妈：“你是怎么教你儿子的？又是倒数第一！”

初中时，开家长会，老师告诉他妈妈：“你得好好教育孩子，照这样，考高中都难。”他妈妈回家后对他说：“老师表扬你了，说你只要好好学习，再努力些，考高中不成问题。”后来，男孩儿子果然考上了高中。

高中时，男孩儿子的成绩也就在班里20多名，班主任对他妈妈说：“这个成绩，考重点很难！”妈妈回家后怎么说呢？她说：“孩子，老师说了，你只要再努力些，你就一定能考上重点大学。”

后来，这个男孩儿子终于考上了大学，而且是清华大学。

我曾想生活在谎言中的男孩儿子应该是幸福的，因为他有一个明智的妈妈，无论他曾经有多么差，多么令她伤心，但她总是让自己的儿子生活在鼓励之中，希望之中。

教育家陶行知说过一句话：“你的冷眼里有牛顿，你的歧视里有瓦特，你的讥讽中有爱因斯坦。”每个学生都有可能成为未来的牛顿、瓦特、爱因斯坦，或者比尔·盖茨、鲁迅。我们的老师怎能因为个别学生暂时落后而对他不管不问，甚至冷眼相对？老师爱学生是一种天性，也应该爱差生。

我又想到了四年级的那个女生，想到了她那双好奇的眼睛，我想知道，她是不是就是未来的牛顿，未来的瓦特，或者未来的爱因斯坦？

孩子，你可以不听老师的话

学校要验收区级规范化学校，让我代表学校讲一节验收课。说实话，作为参加工作仅仅两年的老师，能有这样的机会很不容易，所以我倍加珍惜。到网上查阅了大量的资料，看了四五份教案后才开始备课。备完课后，还请学校骨干教师给予指导，提前试讲了几遍也都比较成功。对于这次比赛，我胜券在握，“不鸣则已，一鸣惊人”，我相信自己能够在这次讲课中脱颖而出。

教室里挤满了来听课、评课的老师。那帮刚入学几个月的小家伙们也都特配合，小手叠放在课桌上，小腰板挺得笔直，用陌生而胆怯的眼光看着周围的那些陌生人。虽然入学没多久，但是他们还是感觉到了这堂课和以往的不同，感觉到了这堂课对于他们老师的重大意义。

或许是前期做了大量工作的缘故，学生配合也默契，一切都如预期的一样顺利。有个同事甚至在底下还偷偷地竖起了大拇指，称赞我讲得好。当课讲到一半多的时候，学生就已经没有了当初的胆怯，高高地举起小手，积极回答我提出的问题。连平时上课从不发言的徐京超也把小手举了起来。我心中暗喜：这正是激励他的好机会，我怎么能错过呢？

“勇敢的京超，”我用手指了指他，面带微笑，目光里充满鼓励，“这个问题就由你来回答，好吗？”

徐京超站起来，脸憋得红红的，一句话不说，头低垂着，始终不敢抬起来。

“勇敢点儿，京超。来了这么多老师，就是来看你的出色表现的……”我再次鼓励他，我相信激发一个学生的勇气会成为这堂课最大的亮点。

“我……”所有人的目光都看着他。他张了下嘴，胆怯地把下面的话又咽下去了。

我走下讲台，用手抚摸着他的脑袋，弯下腰，温柔地说：“别害怕，说吧……”

“老师，”在我的开导下，他终于开了口，“老师，我想上厕所……”

我的天啊，开导了半天他竟然是想去厕所！

哄笑声把我弄蒙了，脑子出现短暂的记忆空白……稍微调整下情绪，我准许了徐京超的请求。

“哪位同学再来回答下这个问题？”说这话时，我明显感觉到脸上的汗都出来了。许多双小手又都举了起来。我用眼睛扫视了下，最终把目光锁定在了班长张丽的身上，她语文一直学得很好，她一定能给我个满意的答案。我用手指了指，示意她来回答这个问题。

“老师，我也想上厕所……”

“老师，我也去……”

“老师……”

我的天啊，这课可怎么上？！

那堂课我都不知道是如何上完的。理所当然地，我得到了领导的批评。

班会上，我暴跳如雷，狠狠地训斥了那几个上厕所的学生，并扬言上课的时候，任何学生都不能上厕所。

那顿火还真起了作用，以后再上课，没有一个学生再说去厕所。

几周后的一件事却狠狠地给了我一个耳光。

那节自习课后，有几个男生跑到办公室找我，说 xxx 同学在教室里尿了裤子。我差点儿笑了出来，也都不小了，大白天怎么还尿裤子？

我急匆匆地把那个学生叫到办公室。他低着头，脸上还有泪痕，裤子上还有一大片尿渍。我问他怎么会尿裤子，他支吾了半天才说没憋住。我又问他怎么不上厕所。他说，老师不准大家上课时上厕所……

无语！

我不让他们上课时间上厕所吗？我会让他们把尿尿进裤子里吗？我是个让学生感到害怕的老师吗？

对不起，孩子！你为什么那么听老师的话？你可以告诉老师你要去厕所，或者别的孩子转告也可以；甚至，你可以偷偷地从后门溜出去……老师多么希望你能那样做啊！可是，孩子，你为什么就那么听老师的话呢？

我陷入了思考，最后终于想出了个办法。利用班会的时间，我告诉学生，课堂上去厕所，不但会影响自己，还会影响别人，所以一定要在课前去。如果有特殊情况，实在憋不住了，上课也可以去。但是每个学生每周只有一次上课时间上厕所的机会！

学生格外珍惜这一次机会，轻易不敢动用。生怕“浪费”了机会。所以，他们都会在课前“解决问题”。上课去厕所的问题就这样解决了。

会有蝴蝶记得你一路的芬芳

中午放学经过传达室时，传达室看门的李老师喊住了我，递给我几封信。我只扫了最上面的那封便顺手把它们放在了车筐里，急着骑车回家做饭。等吃完饭才忽然想起车筐里还有几封信。

两封信的信封上都贴着一张小白纸，上面是电脑打印的我的地址和名字。下面是直接印刷上去的某某报刊的名字，不用拆信就可以猜到，里面一定是编辑给我寄的样刊，杂志里面的某页上一定有篇署了我的名字的文章。这些来自祖国四面八方的信件曾经极大地满足了我的虚荣心，虽然偏居在一所两面环山的乡村小学，我的文字却经过镇上的网吧（工作之初，我的所有稿件都是先写在笔记本上，然后再到小镇的网吧里照着笔记本敲打出来，投出去的）穿越重山的阻隔，飞跃千山万水，四处开花。

另外一封信是手写的，薄薄的一个信封，掂在手里都轻飘飘的，显然寄的不是杂志之类的东西，再看寄信人，竟然是 XX 中学。XX 中学怎么会给我来信，我的大脑在迅速“百度”关于 XX 中学的记忆，没有。我又“谷歌”了一遍，仍是空白。

拆开信一看才知道是一个自称李文静的学生寄来的。李文静？我从教也不过三年半的时间，教过的学生不会超过三百人，怎么就不记得有个学生叫李文静？再仔细看，一行行俊秀的字映入眼帘：

“还记得当初您教我们时的场景：为了让我们写好自行车比赛的作文，你亲自骑上学生的自行车和我们一起比赛，车太小，你蜷着身子像一只大虾一样飞速地蹬着脚踏板，可你还是最后一名；课余时间，你教我们爬树，你不知道以前的老师是从来不准我们爬树的，自从你教了我们爬树之后，那树便被蹭得光滑许多；为了写调查报告，你带领我们作文班的成员沿柳青河步行十里路考察……虽然，你只教了我们短短的两个星期，或许，我就像路边的野花一样，只是被您匆匆一瞥便随即忘记，但是，这个匆匆一瞥的瞬间也会在我的生命中留下永久而美好的记忆……”

终于想起了这个叫李文静的学生！五年前的暑假，我还是一个在校大学生，凭借着发表的几十篇文章，我应聘到一家文化学校，担任暑假作文辅导班的老师，李文静便是这群孩子中的一个。那时我根本不懂什么教学方法，也不讲究教学策略，整天只知道变着法儿地领着孩子玩儿，玩儿的同时给学生讲解一些写作要领，玩儿完了再写作文。这样过了两周，有的家长便找到辅导班负责人，说：“我们交钱是来学作文的，不是让你们陪孩子玩儿的……我的第一次执教生涯只持续了两周便结束了。

握着李文静的信，我内心久久地不能平静：一个被家长斥为“只知道和孩子玩儿”而被辞退的老师，在五年后竟然还能被学生记起，学生还会循着在杂志上看到的地址给仅仅教过她两周的老师写信，我在她的记忆里都留下了什么样的痕迹？

毋庸置疑，那是一些伴随着快乐体验和和谐融洽的美好记忆！反观这几年的教学生涯，为了赶教学进度，生硬地灌输知识；为了提高教学成绩，布置大量的练习作业；学生犯了错误，黑着脸不问青红皂白地训斥……我们打着“一切为了学生，为了学生一切，为了一切学生”的旗帜，却渐渐丧失了对学生进行快乐教育的耐心。教师的言行举止总会在学生的心灵深处留下痕迹。

当面对学困生时，请老师们多一份耐心，只要他们的脚步没有停止，便是进步；当面对犯错误的同学时，请老师们多一份宽容，冰只能使冰更冷，而火却可以将冰融化成水；多和学生一起交流，多给学生一些笑脸，因为，会有蝴蝶记得你一路的芬芳。

每个孩子都是上帝派给我的天使

今天刘正勇在回答老师提出的一个问题时，又一次站起来，把小手举得高高的，说：“老师，我，我！”老师很为他能积极思考老师的问题并能第一个想出答案而高兴。

但是，老师对他回答问题的方式不是很赞同。因为他又把老师强调的回答问题时注意的事项抛到脑后。所以老师脸一沉，并没有叫刘正勇回答，而是让做得最规范的王娜回答。而后所有小朋友把手都叠放在桌子上。你们还记得吗，以前你们在课堂上那么活跃而忘记遵守纪律时，老师总是板起脸说：“谁不遵守纪律老师就不喜欢谁！”一听老师不高兴了，你们总能迅速把手叠放在桌子上，把腰板挺得笔直。老师想告诉你们的是，其实老师是在骗你们的！老师唯一的目的就是希望你们能静下来心来。如果你还是在老师提问题时，抢着举手并大声地喊着：“老师，我！”老师虽然为你们又忘记了课堂纪律而生气，但是老师心里还是会喜欢你们的，而且是更喜欢。但是这一点老师不能直接跟你们说，如果说了，老师怕你们的声音能把楼顶都顶破。

那天下课后老师要上厕所。敏敏还有平平拉着我的手，非要老师和她们一起玩，我说：“老师还有事，你们自己玩吧。”这两个小家伙就是不松手。一直要牵着我的手进男老师的厕所，我说："你们应该上女生厕所。"可是她俩不听，说不让她们进也不准我进。我呵呵一笑："那怎么行呢？"敏敏说："怎么就不行呢？"

老师被她问住了。费了许多口舌给她俩解释女孩儿子只能上女厕所。你们两个平时那么聪明的孩子怎么就一脸茫然不知所措了呢？最后你们还是乖乖地听了我的话，我记得那天我给你们说的那句让你们变乖的话是这样的：再不听话老师就不喜欢你们了！你们两个立即就把手松开了。

老师在这里给你们俩道歉，老师那次也是骗你们的，因为老师那时实在有点儿，呵呵，憋不住了。

静静就像她的名字一样安静，从不给老师惹是生非。每次老师找你谈话，你总是歪着头用紫葡萄一样晶莹剔透的眼睛看着老师，不说一句话。

老师和你聊天就是希望你能多和其他小朋友一起玩耍，甚至打闹。老师希望你能像别的小朋友一样哭或者笑，而不是一个人静静地坐在位子上，静静地看着别人玩得满头大汗。

因为路远你每天中午都在学校吃饭。但是今天早晨还见你上课的，下午就不见你的踪影了，老师还以为你被爸爸接走了，而忘记了跟老师说一声。下午在学校门口见到你爸爸时，老师一下子吓坏了，因为你爸爸是来接你的。他也不知道你上哪去了。老师想，找到你的时候一定要好好教育教育你。在我们焦急的等待中，你却从大街来到了学校大门口，老师悬着的心终于可以落下了。你爸爸说非得揍你一顿，是老师一把把你抱在怀里。老师温和地问你下午去哪了，你说的什么你还记得吗？你说走回家了。

我的孩子，你知道吗？那一刻老师特别佩服你，你家离学校大约有六里路吧，而你只是一个7岁的孩子，回家后又返回学校拿书包，来回有多少里路你知道吗？你能给老师算一下吗？对，6加6等于12，也就是说，你用一下午4个小时的时间走了12里路。老师还问你为什么回家，你说你想家了。老师那一刻非常感动，你是那么执着与真诚，只要想做的事情就勇敢地去做，你不知道许多时候连老师都做不到这一点。老师非常佩服你这一件事，但是你也得答应老师，以后别再那样做了，因为老师还有你的爸爸妈妈都会为你担心着急。

记得要听老师的话，要不老师就不喜欢你了……

苗圣东，你真是一个数学小天才，长大后一定会成为一个有名的数学家。

上次期末考试后老师要统计你们的总成绩，老师本来打算自己算，但看到你们时老师就改变了主意，老师想看看你们的数学学得怎么样。于是老师就让你们自己算了。当老师走到你跟前低下头，问你算没算出来时，你说快了正在数。老师想算数还要数吗，看你本子时老师惊呆了，你的本子上用铅笔密密麻麻地画了那么多小线段，一段代表一分。你数了5次才算对了自己的成绩，但你是全班唯一一个算出自己总成绩的，后来老师问你的数学老师，才知道你们只学到十以内的加减法。

你真棒，一上来就发现了做题的方法，老师相信，如果你继续好好学习，将来一定会成为一个数学家。

壮壮，你是咱班最特殊也最有潜力的小男子汉。

就在半年多前，你还是一个跟着父亲沿街乞讨的孩子。那时的你衣衫褴褛食不果腹，还经常和别的孩子打架。但是现在的你变得干净整洁了，开学这段时间再也没有别的小朋友打你的小报告说你欺负他们了。

你爸爸看不见东西，你眼睛同样不好的妈妈支撑不住生活的重压回到了老家青海。我想对你说的是，对于你的妈妈，你不要恨她，她也有她的无奈。

你曾在五岁的那年领着你看不见任何东西的爸爸从山东临沂坐火车换汽车到青海去找你的妈妈，然后再返回来……孩子，当你的爸爸告诉我这一切时，我的眼睛一直是湿润的，为你悲苦的命运叹息，为你的坚韧不屈所折服。许多时候，你中午饭都不吃，老师带着你到餐厅买，但小小的你自尊心强，你总是宁肯饿着肚子也不要吃的，最后还是老师软硬兼施你才肯拿着回教室。

孩子记住，苦难的童年是人生最好的一笔财富。因为贫困，你才懂得奋斗；因为贫困，你才懂得争取；因为贫困，你才懂得珍惜。壮壮，你还记得老师挂在黑板左边的座右铭吗——奋斗改变命运，梦想让我们与众不同。许多年以后，老师相信你会成为咱班最棒的学生……

对于这群孩子，我有说不完的故事。你们是第一次当小学生，而我和你们一样刚当上老师。从你们的身上我知道了，最真诚的心也最快乐。你们和当年的老师一样不是那么爱听话，却又特别希望得到老师的表扬。孩子，感谢你们伴我走过的这段岁月。因为你们，我的黑夜与白天都变得充实而温暖。你们是我的学生，同时也是我的老师。你们就像挥着翅膀飞翔的天使，伴我度过一段难以忘怀的幸福时光……

那些不期而遇的温暖

我刚结完婚还在家里休婚假，快递公司打来电话，说他们那里有我的一个包裹，向我核对邮包投递的具体地址。我有些诧异，以前有写文章的爱好，每月三三两两地会收到稿费的汇款单或者样刊。可是由于忙于操办婚事，加上懒惰成性，已经半年没有动笔了，哪里还会有什么信件、邮包？况且以前这些东西都是通过邮局邮寄的，快递公司会给我什么东西呢？

我在心里一直揣测到底会是什么东西，可是我绞尽脑汁也没想出个结果。

索性什么也不想，送上门的东西，不要白不要。

两个小时后快递员便把一个大大的包裹送到了家里，竟然是外地一个素未谋面的文友“林壑”寄来的。拆开包装一看，竟然是满满的一大包鲜枣！

她本姓刘，热爱文学，钟情文字，是有着20多年教龄的一所实验小学的语文老师。林壑只是她的笔名，但因其文笔好，笔名反而代替了真名，很多学生见了她都直呼“林老师”。

与她结识还是在去年的暑假。那时我接了一本书稿，时间紧、任务重，单打独斗根本不可能完成，我便在QQ群里发贴寻求几个合作者，她便成了我们编写团队的一员。那个暑假，我们暂时丢掉了手头的一切事务，一心编写那本书。偶尔闲谈时便会彼此问一下编写进程，或者海阔天空地聊些琐碎的事情。

怎么也不会想到，她会记得我偶然提起的婚期，并在第一时间祝福我“早生贵子”。

吃着甜脆的枣，看着她 QQ 里的祝福，心里有种说不出的温暖。

几年前，还是在一个偏僻的农村小学教书的时候，接到一个外地陌生男子的电话。男子说在《教师博览》上面读到我的一篇文章，那篇文章深深地打动了他，也正是从那篇文章中，他获悉了我的手每年冬季的时候都会得冻疮……怀着那份最初的感动，通过数人终于联系上了我。他在电话中说：“胡老师，我告诉你一个治疗冻疮的偏方……”那一刻，真有种热泪盈眶的感觉。

一晃数年过去了，那个陌生男子姓谁名谁家在何方我都忘记了，那次通话却深深地印在我的心中，温暖我至今。

生命中，总有一些人像风吹过一般与我们擦肩而过，不留下任何痕迹；而又总有那么一些人，虽然彼此间不曾相识相知，却能穿越历史的尘埃，跨越万水千山，给我们带来不期而遇的温暖。

流泪的多多

多多在刚满两个月的时候就被送到了我们家。它的妈妈一次就生了四个孩子，其中一个就是多多。但多多的妈妈没有那么多奶，每次吃奶，四个小家伙总是要争抢。多多最弱小，抢不过它的哥哥姐姐，主人便专门给它开小灶喝牛奶，即便如此，它还是经常饿得乱叫。

多多是一条小狗，确切点儿说，是一条长到两个月大后被我叫作多多的小狗，在这之前，它和大部分狗一样，没有名字。多多的哥哥姐姐从满月起就被它的主人陆续送人，只有它，因为瘦弱没有人愿意收留它，和它的妈妈多待了一个月。

当我看到被母亲抱着的多多时，不禁哑然失笑，那么瘦小丑陋的狗，能养活吗？

多多总是喜欢迈着碎步，跟在母亲的屁股后面转，我想这是因为母亲每天都给它做精致可口的饭菜的缘故吧。它喜欢仰躺在地上蹭母亲的腿，让给自己挠痒痒。有时它也会撒欢，在院子里追着母亲养的鸡跑。它还会冲着到我家串门的人狂吠，但是来人抬腿要踢它时，它早已吓得不知躲到了哪里。

在母亲的照料下，多多渐渐胖了起来。但没多久它就病快快的，没了往日的精神，母亲做什么好吃的它也仅用鼻子闻闻。没几天就瘦得皮包骨头。起初几天它还能抬头看看人，后来连抬头睁眼的力气都没有了，奄奄一息。母亲没有办法但又不忍看着它死，就把它放在了门口的柴草垛里。孰料两天后，它竟然自己爬回了家，母亲分外高兴，给它弄了个生鸡蛋，它竟然吃得一点儿不剩。

多多奇迹般地活过来了！但是它也养成了一个不好的习惯，就是一听到母亲养的母鸡“咕咕”叫，它就跑到鸡窝，把鸡赶跑，叼着鸡蛋找个角落偷偷地吃了。它偷鸡蛋的结果就是母亲用一根绳拴在了树上，当然，绳的另一头套在了多多的脖子上。

老是拴在家里导致多多的胆子非常小。偶尔领它出去散步，它总是飞快地在你身边跑来跑去。当我遇到别家的狗时，心想有多多在身边没有什么可怕的。但是它令我很失望，它的胆子比我还小，别人家的狗看到它时，会跑过来与它对视，然后判定是朋友还是敌人。是朋友它们就一起耍，否则就会发出威胁的声音。我本能地后退，想让多多保护我，却不料多多竟然躲在了我的身后，它也怕那条狗！

这让我想起它被收狗的人砸死之前的异常反应。那时多多似乎突然间变得特别的勇敢，见到别的狗不但不再躲闪，而且狂叫着主动攻击对方，甚至是有它两倍大的狗，它也把对方撕咬得落荒而逃。

当时还以为多多大了变勇敢了。现在想来，不禁后怕——那时它已经是一条疯狗了。

接连几个夜晚，多多总是无缘由地嘶叫，那种叫不似一声声的犬吠，而像狼嚎，令人毛骨悚然。父亲说，多多的叫声不对，提防着点儿。给它的食它连碰都不碰一下，它最渴望的就是夜晚，因为傍晚的时候母亲总会把它脖子上的绳套揭开，让它松快松快。夜晚它会从门缝里钻出去，彻夜不归……

母亲是在给它送食的时候被咬的。母亲的脚面上留下了三个牙印和被牙齿撕开的伤口。

多多似乎知道犯了不可饶恕的错误，头低到了地面上，尾巴不停地摇动。因为它连每天喂它的母亲都咬，没有人敢再靠近它。我把一根长棍小心地递到它跟前，想看看它的反应。它竟然张口就咬，嘴里还“呜呜”的低吼着。我感觉到了棍子上传来的那股疯狂的力量，我看见多多的牙咬在木棍上留下的痕迹，我听到狗牙和木棍撞击的声音。

真可怕！

四叔说：“这狗该死！连自己家的人都咬，万一咬到别人怎么办？”四叔这样说的时候恶狠狠的，手里还握着手臂粗的铁锹把。

四叔刚抡起铁锹，母亲就追了出来，悲切地说：“他四叔，你别砸它！”四叔手里的铁锹定格在半空，然后缓缓落下。他诧异地看着母亲，心中充满疑惑：它都把你咬了，你还那么护着它？它已不再是从前那个躺在地上撒娇，让你挠痒痒的多多了，它是一条谁都咬的疯狗。

那么重的铁锹砸在多多的脑袋上，它必死无疑。四叔收回铁锹，多多摇摇尾巴，钻回了窝里。谁也不知道，它摇尾巴是感激母亲的仁慈，还是它求生的计谋。毕竟，它是一条谁都咬的疯狗。

母亲似乎并没有记恨多多咬她，而是一个劲儿地惋惜叹气：“那么听话的多多，自小就没有吃过好东西。现在却疯了，怎么会疯了呢……”邻居都主张把疯狗打死，可是母亲心慈，忍见其生不忍见其死，说：“还是让收狗的人拉去吧。”

多多似乎认识收狗的人，知道自己的阳寿将尽，绝望地狂吠不止。收狗人拿长柄的捉狗钳，试探性地伸到多多的面前，多多的眼神立即变得令人恐惧，扑上去咬住铁钳不放，牙齿和铁钳碰撞的声音让人不寒而栗。

收狗的人面无表情地说：“这狗的确疯了，用不了两天它自己就会死去。还是把它砸死吧，万一咬着别人就麻烦了……”收狗的人把多多的头整个罩在了长柄钳顶端的罩里，多多的嘴再也无法长开，它呜呜地叫，两只前爪拼命地抓挠着罩在它头上的铁钳，但它的力气是那么微不足道，它的拼死反抗没有任何作用。

几滴泪水顺着多多的眼角留下，它忽然停止了反抗，任由收狗的人拽着铁钳把它拉到街上。收狗的人腾出另一只手用木棍狠狠地敲打着多多的脑袋，那一刻我觉得那人好残忍。木棍落在多多的脑袋上，也落在我的心里，隐隐作痛。后悔当初找来收狗的人，否则多多也不必死得那么惨。

母亲“啪”的一声把大门关上，靠在门框上泪流不止。

那是我家养过的第一条狗，也是唯一的一只。它的名字叫多多，一只会流泪的狗……

怀念一只鸡

母亲养了七只鸡，七只下蛋的老母鸡。

母亲像伺候自己的孩子一样伺候她的七个宝贝疙瘩。她到田野里薅母鸡最爱吃的野菜，择去上面枯黄的叶子，然后放在水里，直到洗菜的水能照出人影，才把野菜切成细碎的一大筐，和着玉米面、地瓜粉，烀满满的一大铁锅——这是七只老母鸡一天的食物。

鸡喝的是母亲从200米外的井里挑来的水，她从来不给她那七只宝贝鸡喝刷锅、洗碗的水。母亲说喝那样的水会使鸡得病。鸡窝是父亲花了三天的时间用石头砌起来的，上下两层，中间用铁丝网隔开，上层住鸡，铁丝网会把鸡夜里拉的屎漏到下层。母亲每天起来的第一件事就是把鸡栏打开，让她的七只宝贝出来，看它们欢快地围着她舞蹈、啼鸣。母亲这时便开了大门，然后张开双臂把那七只鸡往外撵，嘴里还有些嗔怒似的说："一起来就知道问我要吃的，先出去自己找点儿吃的……"接着，母亲要做的便是用铁锹把母鸡夜晚排泄的粪便清理出来，再覆盖上一层细砂。然后才是烧火做饭——不要误会，母亲这时做的不是我们吃的饭，而是给她的那七只母鸡做的。等它们的食弄好了，才轮到给我们做饭。

七只老母鸡并没有辜负母亲的悉心照料，它们回报母亲的就是它们的蛋。别人家的鸡一年至多也就下一百三四十个蛋，而母亲的鸡每年可以下近 180 个蛋，也就是说每只鸡几乎每两天就下一个蛋。

七只鸡下的蛋，母亲一个也不吃，她也不允许我们吃。她总是及时地把鸡刚下的蛋放在高高的橱子上面的小柳条筐里。只有在我和弟弟感冒、咳嗽，不想吃饭的时候，她才会翘着脚尖从橱子的顶上摸出一个鸡蛋，打在烤热的油锅里，不放任何作料，煎成两面焦黄冒着热油的荷包蛋，这时候咳嗽、感冒早已抛之云外，满脑子里只有散发着诱人的香气的荷包蛋。往往是不超过三个荷包蛋，我和弟弟的病就会“蛋到病除”，比吃药打针还管用。直到现在我也不知道，除了解馋，荷包蛋是否真的具有治病的功效。

那时多少有些羡慕弟弟，他从小就弱不禁风，羸弱的身体动不动就生病，“手凉的孩子有人疼”，母亲总是给他更多的呵护。弟弟有病却不老实地躺在床上休息。他总是不停地在屋子和院子里转悠，母亲嫌他不老实，就呵斥他：“你到底有病没病？”弟弟也不狡辩，把头往母亲身前一送就让她摸摸看是不是真热。母亲就把手放到弟弟头上摸摸，然后再摸摸自己的，然后又呵斥：“这么热了还不老实！给我钻被窝儿里躺着去！”

没几分钟弟弟就又会屋子、院子里来回转悠。母亲烦了，也就不再理他。院子里传来母鸡“咯咯嗒”的声音，母亲知道，准是她哪只宝贝鸡又下蛋了。于是母亲放下针线，起身欲捡鸡蛋，还没出堂屋门，弟弟就会站在她身前大声喊：“娘，鸡又下蛋了！”

弟弟手里攥着鸡蛋很兴奋，好像那蛋不是鸡下的，而是他下的。弟弟把鸡蛋攥得紧紧的，并没有给母亲的意思。母亲知道弟弟是馋了，就说：“给我鸡蛋，我给你弄个荷包蛋吧。”弟弟就会一脸兴奋地把鸡蛋递给母亲，然后屁颠屁颠地跟在母亲身后，寸步不离。直到母亲把荷包蛋煎好了盛在他早就准备好的碗里。这时，我总会想：让我替弟弟得病吧！

平时，弟弟是从来不去主动捡鸡蛋的，因为他知道，捡也是白捡，即使捡一百次，母亲也不会开先例给他煎荷包蛋吃的。但是得病时就不一样了，在我们这个偏僻的小山村里，荷包蛋是营养的食物。母亲总是盼望我们赶快康复，这时她就会给我们煎那种充满诱人香味的荷包蛋。

荷包蛋一点点地进入弟弟的肚子。我的心也一点点地紧张起来，似乎弟弟每咬一口都会疼在我的心里。我用衣袖捂住自己的鼻子，企图阻止那种蛋香钻进鼻孔，但一切都是徒劳。我偷偷地看看弟弟，他正吃得津津有味。我努力说服自己：不要朝那里看，鸡蛋有什么好吃的！但眼睛还是不由自主地朝他那里瞟……那个焦黄的荷包蛋，只剩下最后一小口了。我默默地祈祷：我亲爱的弟弟啊，你怎么就看不见你旁边最爱你的哥哥呢？我闭上眼睛，我希望听到这样的一声：“哥，还剩下这些，你吃吧！”

闭上的眼睛立马再睁开：弟弟两根手指捏着最后一点儿鸡蛋，迅速塞进了他的嘴里！眼泪都快绝望地落了下来。我紧紧地闭上了眼睛，谁让咱整天活蹦乱跳猴子似的呢？谁让咱老不得病呢？我有点儿恨起自己来。

七天不跟弟弟说话！我恶狠狠地对自己发誓。

母亲自己也从来舍不得吃鸡蛋——即使是她得病的时候。

母亲得病时她只会躺在床上，不吃药也不打针，更不会吃荷包蛋。她只会捂在被子里憋汗，汗出来了病也就好了。实在不管用了，才熬些从山上采摘的草药煎服。

乡下五天一个集。每逢集市，母亲便把鸡蛋放在铺有麦穰的篮子里，步行到八里外的集市去卖，然后用卖鸡蛋的钱买些油盐酱醋茶之类的生活必需品。那时父亲的身体也不是很好，不能干重活，只能走街串巷给人修鞋，每天赚十块八块维持生计。卖鸡蛋换来的钱就成了我家收入的重要的一部分。

那年的夏天，天气炎热。下午放学后回家，父母在地里农忙还没有回来。我到鸡窝前去捡鸡蛋，里面却仍有一只鸡趴在里面。我用手拨了拨它，想把它身子底下的鸡蛋先拿出来，冷不妨那鸡竟然照我手面就是一口，我恼怒地想把它拿出来，它“咕咕”叫着向我示威，竟然怎么也不出来，最后还是用一根树枝把它弄了出来。当我拿着鸡筐里的鸡蛋想放到屋里时，那只鸡竟然又跳进了鸡筐。

我就不让你进去！我又把那只鸡轰了出来。刚要走，它竟然又“咕咕”叫着跳了进去。如是再三。我想：莫不是这只鸡想抱窝吧？要知道鸡在抱窝期间是不会下蛋的！鸡蛋可是我们一家重要的收入来源，你不下蛋怎么可以？

我有些恼怒，想给它点儿颜色看看。我用左手逮住它的翅膀，右手把它的头按在了水里。那种感觉显然不好受，那只鸡使劲儿地挣扎，但它哪里有我的力气大啊？觉得差不多了，我才把它往地上一扔，那只鸡像喝醉酒了一样东倒西歪地走了，我并没多理会它就自顾自地写作业去了。

母亲一回来我就告诉她，有一只鸡抱窝，我把它按在水里好好地教训了一番。母亲让我指给她看是哪一只，找了半天都没找到。最后还是母亲找到了，在鸡窝。那时它的身体已经直挺挺的了——它被我淹死了！

母亲的脸色立刻变了。我知道我犯了不可饶恕的错误。母亲是多么爱她的鸡啊，可是我却把其中一只给淹死了！暴风骤雨就要来临了，我低着头不敢看母亲。她瞪着我沉默了半天竟然没有发火：“死就死了吧，发火又有什么用呢？”我如获大赦。

母亲和那只鸡的感情固然很深，但她还是没有舍得把它埋了，家里平时是舍不得吃肉的。母亲要把那只鸡做成一道菜，借此也好好改善一下生活。我仍在屋子里写作业，院子里却传来母亲“啊”的一声惊叫。我的第一感觉就是母亲不小心把手划破了。我急忙跑出去，问她怎么了，这时她早已泪流满面。她没有回答我，只是指了指地上那只开膛的鸡——我赫然发现地上那枚沾满了血的鸡蛋！

原来，那只鸡并不是在抱窝，而是想下蛋。我却活活地将它淹死，就在它死前，它甚至还不忘把那枚蛋下在鸡窝里……

那晚，父亲和弟弟一个劲儿地夸母亲炒的鸡肉好吃，我却食不知味。而母亲，甚至连动都没动那盘鸡肉……

古井和老树

对于古井和它旁边的那棵老树有着一种无法言喻的感情。

北方的农村似乎比不上南方富有诗情画意，它所能留给人的似乎只有历史遗留下来的粗犷的凝重感和悲怆感。而南方给人的感觉是小桥流水人家式的闲适，雅淡。

我曾多次询问老人关于古井和老树的历史。毕竟他们一辈子就是吃那里的井水长大，应该或多或少知道一些，但结果并不尽人意。他们并不晓得这井挖于何时，这树栽于何年。他们说，他们年轻的时候也曾问过他们祖辈类似的问题，但他们的答案就是刚才告诉我的那些……

或许就是因为连他们这些最年老的人都不知道这些事，才使得古井和老树显得更神秘。我有种要探个究竟的欲望。

古井很深，从井口往下看觉得越往下口越小，最后落成一个尖，就像倒立的圆锥，四壁的石头都是乌黑色，往下看时只觉得头晕，似乎有一种无形的力量拉你下去。在井底的水面上，你会看到你的头影在地下几十米深的地方张望，心里觉得怕怕的，仿佛那黑影真是自己，像偷了别人的东西被惩罚扔到井里，在生与死的边缘挣扎一样。

依据老人口述的树名，我查了字典。字典里却没有那个字。未查字典前我把那树写成“榔棒”，但冥冥之中总觉得有种陌生的感觉，还是叫老树比较亲切。

生命的前几年，我就是喝那口井水长大的，说不准我的体内还有那口井的水，古井和老树对我来说，并不陌生，甚至可以说非常熟悉。

井台是用四块大石碑围成的，因为不知多少代人用脚踩的缘故，碑面很光滑，中间明显地凹了下去，井的四壁是用不规则的石头垒起来的，并没有用什么黏合材料，但至今仍然坚固。直到今天，井里的水仍源源不断地从暗道流出。当时村里的学校离井不到一百米远，下了课便跑去喝水、洗脸。那水才叫清澈、凉爽，把肚子灌得饱饱的，走起路来都能听到水在肚子里晃的声音。然后爬上特粗的歪脖子树上，折些柳枝，编成草帽，戴在头上，待上课铃响了之后才又跑去上课。

老人曾给我讲过一个故事，说是故事，其实也不到二十年，称故事有些夸大。说是八十年代村里一个傻姑娘去井边挑水，不小心掉到了井里，当时井水很深，傻姑娘却像有人托着一样浮在水面上，而实际上那姑娘根本不会游泳。这事说得有点儿玄，但也可见乡亲们对井的崇敬。每年过年时，百姓都会去古井边烧纸、磕头，朴实的乡邻们并没有太多的奢望，也就祈祷来年风调雨顺，全家平安，粮食丰收。虽然他们的愿望并不一定都能实现，但仍年年到井边烧纸、磕头、祈祷。

古井旁边的那棵老树的确很老。一个大人勉强抱得过来。村上最老的老人说，在他像我这么大的时候就有这棵树了，到现在六七十年过去了，并没有粗多少。那树长得很奇怪，树上布满了大大小小的瘤结，树干长到离地面 3 米高的地方便水平着向北长。我曾怀疑是不是有懂园艺的人故意让它这样长的，大自然的力量能将它变成这样吗？由于多年的风吹雨淋，日晒虫钻，老树的中间已经空了，于是在某个时间，这个树洞便成了马蜂的家。人们不敢再靠近了，挑水时都远远地躲着。实际上这种担心是不必要的，你如果不伤害那些马蜂，它们是不会蜇你的，这叫互不干涉。

每年冬天，马蜂飞走了之后，人们都会从树洞里掏出几个蜂窝皮当药用。年年如是，那树洞越掏越大，仿佛使点劲儿，老树就要从中间折断。

渐渐地，有人便有了别的想法，他们用热水浇蜂窝，用火烧蜂窝，马蜂也用它们尾巴上的刺奋起还击。最终的结果是，捣马蜂窝的人被蜇得头皮起包，而马蜂的老窝也被连窝端走。当时年少无知，便在一旁幸灾乐祸，后来知道，马蜂那愤怒的一蜇，便把尾部的毒针刺入人体内，而这一蜇注定了两三天后，它们筋疲力尽地死去。当我从书本里看到这种解释时，我的心在抽搐，明明知道这样做会付出生命的代价，而为了自己同族的繁衍，它们还是义无反顾地这样做了。

某个风雨交加的夜里，老树折断了，轰然倒下！成群的马蜂围着老树转，它们像一群无家可归的孩童，流浪在黑夜的荒野，哀号着，哭泣着，缅怀着古井、老树共同存在的日子。

然而，一切都一去不复返了！

老树所在的地方现在建起了成排的房屋，或许古井还有它存在的价值，并没有被填上，而是横在路的边缘。人们像躲瘟疫一样躲着它，防止不小心掉进去。以后我便很少再去看古井，总觉得没那必要了。

大地的诗行

每天下午放学后，扔下书包便要牵了家里的那只母羊到村子西面的坡上去放，这是母亲交给我的一项任务。母羊每年都会产下两胎小羊崽儿，母亲便用卖小羊崽儿的钱给我交学费。

羊在山坡上吃草，我随便找块石头坐下，掏出带的书便读了起来，太阳落山的时候羊也就吃饱了，我收起书牵了羊便在一片霞光中回家。书是我从爷爷家偷来的，那是三叔的书。三叔初中还未毕业便因家境贫寒跑到东北打工去了，他的那些心爱的书被堆在了后屋墙高高的窗户上，临走时，三叔给爷爷留下了一句话：这些书谁都不让动！

爷爷终究没有把三叔的那些宝贝书看好。那窗户底下是一个盛麦子的大陶缸，我踩着板凳爬上缸，再爬上陶缸上的椅子，用一根竹竿把书钩下来，爷爷偶尔逮着我便威胁说："你三叔回来非揍你不行！"

书本里未知世界的诱惑让我根本顾不上这些。三年后，等三叔回来的时候，那窗户已经空空如也。

三叔并没有恼羞成怒地揍我，他只是叹了口气："那么多的书都让你糟蹋了……"

只有我知道，那些书并没有被糟蹋。那些书让原本枯燥无聊的牧羊生活变得多姿多彩；那些书犹如一根根小小的火柴，点燃了我的文学梦想；也正是那些童年里的书，教会我在茫茫的大地上写下一首首美丽的诗歌……

中学时代，有了作家梦，疯狂地喜欢上了诗歌：戴望舒、北岛、食指、海子、顾城、舒婷、郑愁予、西川……一个个闪耀着思想光芒的名字，一首首让我热血沸腾的诗歌。悲愤的时候读北岛的“卑鄙是卑鄙者的通行证，高尚是高尚者的墓志铭”；暗恋某个女孩儿子的时候读戴望舒的《雨巷》暗寄相思；考试失利的时候读食指的《相信未来》激励自己；因住校一个月未回家思念家中父母时，躲在被窝里一边流泪一边默默地想着郑愁予的《错误》，抑或艾青的“为什么我的眼里常含泪水？因为我对这土地爱得深沉……”我写了200余首分行文字（那些分行的文字根本称不上诗歌），发现自己不是写诗的这块料，改为写散文后仍对那些诗人怀着最崇高的敬意，固执地认为只有这些诗人的思想最为深邃，感情最为丰富。

我23岁的那年，某市晚报副刊上。一篇不足五百字的小散文署上了我的名字！这可是我的处女作啊，我一下子就买了十份这期的报纸，将那文章看了一遍又一遍，最后把十份报纸全部藏在了柜子里头，没有告诉任何人。

文学无疑是一件寂寞的事情。我偷偷地在笔记本上写好文章，然后跑到网吧把它们打进邮箱并发出去。学校里我的信件渐渐多了起来，别人终究还是知道了，这个平时看似神秘兮兮的胡凡良竟然有文章被发表了！

时至今日，从发表第一篇文章到现在已近五年，望着书橱里满满的样报、样刊，我浅浅地笑了，有些自豪，那可都是我的劳动成果啊；有丝倦怠，只有我自己清楚，这些报刊的背后是几百个日日夜夜的冥思苦想、奋笔疾书……

而我，也只是这样笑笑而已。

我想起了童年读过的那些启蒙书，想起了牧羊读书的那段岁月，有点儿诗意，有点儿寂寞。

诗意也好，寂寞也罢。而我，注定要在这块文学的大地上继续不停地耕耘，不停地播撒下那些美丽的诗句……

风雨茶山

以临沂市为圆心画一个半径 45 里的圆，在这个圆的东北角上的一点便是素有“临沂镇山”之称的茶山。

茶山位于王祥的故里白沙埠镇和享有“桃花之乡”美誉的李官镇的交界处。西接蒙阴，东临沂河，背面是一系列山脉丘陵，南面则是一望无际的川。依山傍水，秀风独立，是一个揽胜怀古的绝妙佳处。

沂蒙山区的山山水水都有一系列的传说，茶山也不例外。

传说古时天上有十个太阳，酷暑难耐，民不聊生。二郎神勇敢地担负起挽救苍生的重任。二郎神神通广大，法力无边，仅用一根麻秆便挑起两座大山，意欲把太阳压在大山底下。他一路举重若轻，行至茶山如今所处位置时，遇一洗衣农妇。那农妇见二郎神用一根麻秆便挑起两座大山，很吃惊，不由得说了一句：“麻秆这么细，还不给压折了？”她话一说完，麻秆真的从中间一折为二，二郎神再怎么使劲儿也弄不起来了，便骂那农妇为长舌妇。骂累了便脱掉鞋子磕一磕，倒掉了鞋中的土石，两只鞋刚好倒出两个小土丘，这两个小土丘便是山前两座小山。山上的石头都特别滑，传说是被二郎神的脚磨滑的。

这个传说在沂蒙山区家喻户晓，广为流传。胶东、蒙阴一带的山也有类似的传说，不足为奇。关于茶山这个名字的由来却有一个独一无二，谁也争不去的传说：

茶山山腰旧有一寺，名曰：白云寺。寺中僧侣众多，寺院门外有棵茶叶树，此树甚奇，叶碧如翠，凝翠欲滴。以此叶泡茶，香馥满寺。此茶生津止渴，饮后余香满口，冲泡数次其香不减。

后来山洪暴发，僧侣皆逃往各处。住持忽忆起寺中梁头之上遗有茶叶一包。望着滔滔的洪水，闻着洪水中散发出来的似曾相识的清香，猛地忆起：那不是寺前茶叶所泡之茶的清香吗？难道……

是的，山洪冲倒了寺庙，那包茶叶便浸在了洪水中。洪水无情地冲垮了寺院，淹没了村庄，一包小小的茶叶也难逃劫难，但它却不可思议地击溃了洪水，它把无情的洪水变成含香的茶。

山因茶奇，茶以山显，茶山之名由此传开。

山腰旧有文昌阁、白云寺等庙宇古迹，如今旧貌不复存在。浓密的树林间尽是残壁，废垣，断碑。初识文字之初，我曾多次辨认碑上文字，却仅此而已，一些重要的信息并未记住。后来就是那些断碑也被人偷走了。关于它们的历史，我查阅了很多资料，询问了很多老人，终不得而知。

踏着巨大的台阶上山。山风习习，林木招摇，满目废墟，尽是悲凉之境。多少年之前，这里应该是钟声阵阵，香火缭绕，信男信女三步一叩，九步一跪的佛门圣地。可现在呢？人去寺毁，只有呼呼作响的山风和废墟与山为伴。

寺庙之西有一泉：澄金泉。僧侣日常饮用之水皆汲于此，泉水顺坡而下，清澈甘冽，潺潺不绝。据说山中住持一日在泉边小憩，无意中见水波中泉口处闪闪发光，耀眼夺目，就用手去捞：竟是些许豆大的金子。住持欣喜若狂，每日去捞，都会捞得供众僧一日生活所需之金。住持贪心，意欲得到更多金子，便用锤钻把泉口凿成碗口大，谁料适得其反，澄金泉非但不多澄金子，反而就此不再澄金了。住持懊悔不已，不久，一命呜呼。澄金泉十几年前还有，几年前被开采矿山之人炸得荡然无存了。听说他们炸澄金泉时非常矛盾，既想炸出一座金库，又怕炸怒了山神爷。但结果却令他们大失所望，山上除了石头还是石头，他们的发财梦随着一声炮响破碎了。他们明白了传说都是骗人的，它只不过叫人不要太贪，贪多的结果是失去更多。

山之阳有一洞叫王敖洞，传说为王敖修炼之所。说起王敖许多人可能不知道，但他的嫡亲哥哥稍微有点儿知识的人便知道，叫王禅（即鬼谷子）。王禅神通广大，道业宏深，终日研究兵法战略，演习行军布阵，还收了两个徒弟：孙膑和庞涓。王敖却和王禅不同，他生性好静，不喜武功，见茶山是块风水宝地，便在此修行。后来发生的一件事让他出走茶山：王敖性惰，身上生了很多虱子，痒得实在受不了了他才捉。一日王敖正在捉虱子，忽闻一男童泣，其母一旁说："我就让王敖捉虱子来咬你。"王敖一想：连一个普通的百姓都知道我在做什么，我还在此修炼什么？于是便离开茶山，云游四海去了。

茶山地势险峻，林木繁茂。早在 1937 年，国民党军队曾和日军在此混战七日。据一高姓老人回忆，战斗前一天，国民党军队便驻扎在茶山脚下的几个村庄，并告诉那里的老百姓这里次日打仗，都出去躲躲。老百姓那时家里也没什么东西，随便收拾点儿东西，赶着牲畜连夜逃走了。战斗打响了，到处是纷飞的炮弹，整个茶山都在震动。两支军队杀红了眼，只要见到不是自己人便杀。许多存在侥幸心理而没有出逃的人便在战斗中被杀了，两军后来转战别处。整个茶山成了尸山血海，随处可见战死的士兵，鲜血染红了砖石土地。饿极了的狗露出了凶残的本性，瞪着红眼，吞食着战死的人。

茶山脚下有个小村庄叫无梁殿。所谓无梁殿，是一座用石头砌成而没用任何栋梁的佛殿。这座佛殿通体为石头砌成。石墙，石门，石窗，而且门窗殿顶全部为拱形结构。既坚固又美观，这种建筑在中国虽不是独一无二，却也绝不多见。

建此殿时老道士曾化缘到太原。太原人问他修什么，化缘竟化到了山西，老道士说了一句顺口溜：

南殿到北殿

四十五里半

石桥石门石栏杆

那些人真的以为有那么大，纷纷解囊以结善缘。其实那座庙并没有那么大，只是在四十五里之外的地方另有一座类似的无梁之殿而已。无梁殿前后各有一寺，前曰玉皇殿，后曰奶奶庙。内供各路神仙及侍童，墙壁上雕龙画凤，五彩斑斓。40年前，这里人声鼎沸，香火不断，天天有人在这里摆摊做小生意。“文革”期间“破四旧”，无梁殿及其前后两殿难逃厄运，塑像被砸了，墙壁上的画被烧了。近几年，风吹雨淋，日晒火烧，各庙纷纷倒下，成为一堆破砖烂瓦。唯有无梁殿，虽然衰草离披，墙上张开缝，仍屹立不倒，像一个无畏的战士一样同现代文明做最后的斗争。

殿旁有银杏树两株，古木参天，高耸入云。巨大的树冠遮住一片阳光，无论是黑夜还是白天，大树底下都是乘凉的人。他们在树下谈天说地：张家的庄稼长得好，高大妈家的鸡丢了，孙家媳妇又和婆婆吵架了……事无巨细，吵吵闹闹，就图个热闹，待到夜深凉快透了，才收拾板凳，摇着扇子回家。我曾问一高姓老人，这庙何时建的，树什么时候栽的，他一脸茫然：“庙什么时候盖的，树就什么时候栽的，树什么时候栽的，庙就什么时候盖的。”我去查文史资料，上面只说无梁殿原名敬沂庄，宋朝中期建村，村中有一无梁殿，故更村名为无梁殿。我推测村庄建成大约是宋中期以后的事了，否则当初就该叫无梁殿，而非敬沂庄了。但这仅是推测，没什么证据，不敢妄加断定。

无梁殿被定为“市级重点文物保护单位”，却无人管理、看护。殿中堆放的柴草不时被点着，整个殿被烧得黑乎乎的，银杏树也时不时被烧出个黑洞。看着这些景象，我不禁陷入了深思：即使在战争年代都没倒下的古庙难道要坍塌于新社会？我们留给后代子孙的是什么？难道是一堆堆废墟，一段段朽木？难道要等到它完全倒塌之后，我们再花巨资重新修复？

值得深思，却无能为力……

麦茄的秘密

周末到孤儿院做义工，许多可爱的小朋友排好了队迎接我们。他们都是一些缺少父母关爱的孩子，许多都是因为身体上的残疾，被父母遗弃，辗转进入孤儿院。见到我们后他们呼啦一下子就乱了，全然不顾老师事先安排的秩序，把我们几个人团团围住，叔叔阿姨的叫个不停。他们拥着我们向前走。当我回头的时候，看见他在距离我们这个队伍三米开外的地方，胆怯地往前挪动脚步，一个人。

转身朝他走去，他更胆怯了，眼睛睁得大大的，不再前行。弯腰把他抱了起来："告诉阿姨，你叫什么啊？"

"卖牙……"孩子说话不是很清楚。我差点儿就笑出了声，怎么起这样的名字呢？我还是忍住了笑的冲动。这里的孩子普遍地比同龄人要敏感。或许不经意的一笑，便伤了他们幼小而敏感的心灵。

院长告诉我，这个孩子叫麦茄，患有先天性心脏病。四年前被送到这里，估计是父母无钱医治而将他遗弃。现在正在联系爱心企业捐助他做手术……望着这个瘦弱而孤僻的小男孩儿，心里突然一阵酸楚：孩子还那么小就没有了父母的呵护，还要面临死亡的威胁。我把他紧紧地抱在怀里，就像抱着自己失散多年的孩子。

麦茄明显地有自闭症的征兆，他不爱和其他小朋友玩，有着他这个年龄不该有的忧郁。一个人对着天空发呆或蹲在树底下数蚂蚁是他经常做的事情。每次到孤儿院我都会更多地关注这个特殊的孩子，陪他一起荡秋千、骑木马。幼嫩的脸上亦会闪现灿烂的微笑。我想，没有人会拒绝快乐，更何况是一个年仅五岁的孩子。有时他会拉着我去看蚂蚁窝。他说："阿姨，这是我发现的蚂蚁窝，里面住着许多的蚂蚁，它们从来都不打架，不抢东西吃，上次你给我拿的东西，都被志豪他们偷吃了……"我问他："谁是志豪啊？"他说："就是三号床上的那个高个儿……"

我想起来了，志豪也是这里的一个孤儿。

再到孤儿院时便不见麦茄再数蚂蚁了，他手里拿着纸折着什么，见我过去，他就偷偷地藏在背后。

"你在干什么啊，小麦茄？"我问他。

"这是一个秘密，不能告诉你！"

把手伸到他的腋下挠他，我说："告诉阿姨吧！"他的小腿使劲儿地蹬，嘻嘻地笑个不停。

"是小星星！"他终于屈服了。我接着问："折了做什么啊，是不是给阿姨的啊？"

"这是个秘密，不能告诉别人。"

我欲故技重演，他的脸立即就拉了下来，说秘密告诉别人就不灵了。然后他就闭了眼，一副任我"处置"的样子。我一把把他抱了起来，在他的脸上狠狠地亲了一下。

终于有一家企业愿意出资给小麦茄做手术。医生说手术只有 30% 的成功率，患者随时有在手术台上停止呼吸的危险。听到这些，我的心不由得一阵颤抖，五岁的小孩子就得直面死亡。像一个即将久别的朋友，握着他的手，竟寂然无语，泪眼模糊。麦茄握了下我的手，安慰我说："阿姨别怕！医生说了，不疼。就像睡了一觉似的，醒来什么都好了。"

他那样坚强地劝导我，并用手拭去我眼角的泪。他还那么小，哪里知道 30% 的成功率意味着什么？哪能意识到死亡的威胁？

"是的，就像睡了一觉，醒来什么都好了！"我这样对他说，其实也是在劝慰自己。

……

小麦茄还是在手术台上永远地睡去了，即使有那么多的人关心他。那天院长给我打来电话说："小麦茄走前说给你件礼物，你过来拿吧……"

我骑车跌跌撞撞地赶到孤儿院。院长给了我一个透明的玻璃瓶子，我一眼就看见了那里面装得满满的小星星。

眼泪顿时流下。那些小星星原来是麦茄要送给我的啊。只是一直以来，他当作秘密没有告诉任何人。但是我还记得，小麦茄说过，他要叠 999 颗小星星送给他最爱的人……

遥远有多远

远方的文友没有一个会相信，我的所有文章几乎都是我在网吧昏暗的灯光下一个字一个字看着键盘敲出来的。上大学时我最大的梦想就是拥有一台属于自己的电脑，那样我就不用天天跑网吧，不用在烟味弥漫和人声嘈杂的环境中，在别人诧异的目光下不好意思地掏出早已写好的稿子，把键盘敲得啪啪作响。

这个梦想持续了多年，直到我成为一名教育工作者的今天仍没有实现。刚工作时被分在一个偏僻的小村庄，据说在我去之前那些老师的平均年龄是 52 岁还多一点儿，他们都是民办教师转正的，都住在学校附近的村庄。下午一放学，学生都走了，教师也都走了。整个学校就剩下一个孤零零的我——我是唯一一个住校的老师，并不是很大的校园此时就显得空旷无比。学校四周是一片庄稼地，北面靠近马路。天一黑我的世界也就黑了，夜晚的寂静和白日的喧嚣形成强烈的反差。远处村庄传来的狗吠和能听见自己呼吸的寂静让人觉得不寒而栗。早早地吃了饭，夜深难熬，只有读书写字，但是学校没有电脑，甚至连电话线都没有，我那一篇篇的文章只有写在笔记本上了。大体熟悉了附近环境后，我经常在中午放学的时候骑着我那辆电动车，带着早已改好的文稿穿过一座足有三里的大桥，跨区到七里外的一个网吧去上网。一个小时里打完文稿并发出去，然后在回来的路上到一个灌汤包店买一笼包子吃，然后骑车返校。

在那所村级小学总共教了一个月的课，我的一篇文章就在省级教育期刊上发表了。那本期刊几乎每个教师人手一本，领导看后一句话把我由村小学调到了镇上的中心小学。后来听一个主任说，那是学校老师第一次在那本期刊上发表文章，以前老师发论文什么的都是花钱弄的，但那家期刊不要钱只看质量。

中心小学有网线，许多老师也都有电脑，但我只有艳羡的份儿。每月那点儿稿费只够我的生活费，大学时不向家里要生活费让我赚的几千块钱到最后分文不剩。我自己赚钱买电脑的计划不得不一推再推。偶尔借用同事的笔记本电脑熬夜给催稿的编辑当夜敲出来，但更多的时候，我还是在晚上到镇上的网吧把它们敲完。许多时候我会在网吧看见自己学校的学生，他们显然认识我，我给许多学生改过作文。他们看看我，想叫老师但又不敢，看到我在打文章他们就偷偷地走了。去的次数多了竟然很少再见到学生，估计是怕我批评他们或向他们的老师打小报告，这倒是个意外收获。

七个月的工资一起发下来，一下子就是一万多。文友调侃我：“八十年代一辈子都难成万元户，你半年多就实现了……”心中却思忖：这回买电脑的计划不会遥远了吧？我总算可以拥有一台供自己支配的电脑了吧！经常借我电脑的女同事几年后成了我的女友，征求她的意见，她说：“不买了，用我的吧。”我说：“那怎么行啊！你还得用。”她竟然生气了：“你有钱就买吧，我不管！”

我自己赚钱买电脑的计划又要落空了。那个旧时拥有台电脑的梦渐行渐远，梦幻般地淡逝在流年的记忆里，就像许多年前拥有台电脑的旧梦一样渺茫遥远，触不可及。

于是我以写文章的名义把她的笔记本电脑长期霸占，她要用还得问我要。当我有了这台不是自己的但可以随意使用的电脑时，谁都不知道，我这双习惯了网吧台式机的手，在这台精致的笔记本电脑的小巧的键盘上，却整夜敲不出一个字。因为这台笔记本电脑寄托了一个女子无尽的爱和无言的支持，这份情谊无疑需要我用一辈子的时间去珍惜……

圣诞节的手套

一整天蓝珊几乎没和任何人说过话，她一个人静静地坐在位子上，手叠放在课桌上，下巴搁在手臂上，两眼茫然而无助地看着前面。

美丽的女老师在那节课上问大家："同学们知道再过两天是什么节日吗？"同学们都不知道，小声地讨论起来。谁都不知道那天是什么节日，大家一齐把目光转向美丽的女老师。

女老师神秘地说："大家想知道吗？""想！"所有小朋友都回答道。"真的吗？"女老师卖关子，她故意让那些小朋友着急。

"真的！"又是整齐的一声回答，这次的声音比上次大了许多。

"再过两天就是圣诞节了！大家知道圣诞老人吗？知道的告诉老师！"女老师说着把右手一举。她是在示意知道的同学要举手回答。

一双双小手举了起来。

"圣诞老人是个白胡子的老头儿！"这是一个稚嫩的女孩儿的声音。

"圣诞老人戴着一顶非常好看的红帽子，"一个小男孩儿说，"帽子上还有一些白的部分。"

“圣诞老人会驾着马车给小朋友送礼物！”说话的是一个坐在位子上的胆怯、内向的女孩儿儿，她的声音很小，但是所有同学都听见了。

女老师眼睛一亮，望着小女孩儿儿，鼓励她：“你说得对极了，你能站起来，再大声点儿给同学们说一遍吗？”

“圣诞老人……会，会给小朋友送礼物……”小女孩儿儿怯生生地说。“你说得真棒！请坐！”女老师摸着小女孩儿儿的头让她坐下。

“圣诞老人会在圣诞节的前一天晚上，也就是明天晚上，给每个听话的小孩子送礼物，”所有小朋友都睁大了眼睛，好奇地听女老师讲圣诞老人的故事，“圣诞老人会在你睡着的时候驾着马车从天上下来，然后悄悄地把他的圣诞礼物送给大家……不过这个圣诞老人有个习惯，就是他总是把他的礼物放进你床头的袜子里……”

小朋友都睁着好奇的眼睛听女老师讲下去。“不过，你们不能把臭袜子挂在床头上，那样圣诞老师就会被熏跑的……”女老师幽默的话引来一阵大笑声。“而且，袜子最好是自己洗的，圣诞老人发现你是个勤劳的好孩子，还会多给你些礼物呢。”

“大家都渴望得到圣诞老人的哪种神秘礼物呢？”女老师又问大家。一双双小手又都举了起来，有的说要变形机器人，有的说要个多功能的文具盒，还有的同学说要辆小汽车……轮到蓝珊了，蓝珊有些不好意思地说：“我，我想要一副防水手套。”女老师有些好奇地问蓝珊：“你要防水手套干什么啊？”

“幸福村的张阿姨洗衣服时，水冷，她的手都冻红了……”蓝珊的话让女老师沉默了好一会儿，女老师知道蓝珊是个孤儿，她说的张阿姨是个经常到孤儿院帮忙洗衣服的义工。“真是个善良的孩子，圣诞老人一定会给你一副防水手套的！”女老师的眼里闪动着泪光，她抚摸着蓝珊的头说。

女老师最后还让大家把她今天讲的圣诞老人的故事，连同他们的愿望告诉给他们的爸爸妈妈。这样圣诞老人就不会忘了给谁送礼物……

蓝珊并没有把女老师讲的圣诞老人的故事连同她的愿望告诉给谁。她从来就没有见过她的爸爸妈妈，她的爸爸妈妈在她出生不久就出车祸死了，她从记事起就住在一个叫幸福村的孤儿院里。

蓝珊仍记得女老师说过的话，12 月 24 日那天，她早早地就把自己的袜子洗得干干净净的挂在了床头上，然后就躺在了她那张小床上，她想早点儿入睡，好让圣诞老人早点儿把她想要的防水手套送来。越是想早睡却越是睡不着，蓝珊的脑子里总是不停地浮现出白天发生的事情以及防水手套。已经躺在床上很长时间了，别的小孩子早就进入梦乡了，可是她却仍毫无睡意，她有点儿恨起自己来：老是不睡觉，圣诞老人就不会来给她送礼物了，她想给张阿姨送手套的愿望就不能实现了……

一阵闹铃声把蓝珊叫醒了。她有些兴奋，她自己都不知道昨天晚上她是什么时候睡着的。她连衣服也没来得及穿，一骨碌爬起来就去翻她的袜子。

袜子就挂在床头上，空空如也。

泪说来就来了。圣诞老人竟然忘记了给蓝珊送礼物！本来她是想要一双棉鞋的，她的脚每到冬天就冻得又红又肿，可是当她想到张阿姨给他们洗衣服手被冻成那样时，她还是毫不犹豫地想到了要副防水手套，她想，张阿姨有了防水手套，再给他们洗衣服时就不会冷了。

圣诞老人为什么把她遗忘了，她不听话吗？她不勤劳吗？女老师不是说她很善良，圣诞老人一定会给她礼物吗？蓝珊趴在床上泣不成声……

如果别的小朋友都收到了礼物，就她没有收到，那是多没面子的事啊？蓝珊今天不想上学了，她怕别人笑话她竟然连一件礼物都没收到。但是她还是被幸福村的一个叔叔送到了学校。

蓝珊到学校的时候都已经快上课了，校园里只剩下几个打扫卫生的同学，她低着头快速地往教室走，她怕有人问她圣诞老人送给她什么礼物。

真是万幸，并没有人注意到她并和她打招呼。她很快就来到了教室，她把书包从肩上解下来，然后再往书桌里塞。

可是，书包塞了一半怎么就再也塞不进去呢？蓝珊很奇怪，她又把塞了一半的书包拿出来，然后低头看桌子怎么回事，她发现里面有很多东西，掏出来一看，竟然全部是防水手套，足足有 26 双……

蓝珊迟疑了好半天，眼泪止不住地流出来了。她知道，除了她，她班的所有同学加上老师，那个数字就是——26。

分不开的无名指

先做一个游戏——

伸出双手，中指向下弯曲并靠在一起，同时其余四指指尖对碰。

此游戏规则：只允许一对手指分开，别的仍靠在一起。

大拇指代表父母，请试着张开你们的大拇指——成功。人总有生老病死，我们的父母终究会离开我们。

合上大拇指，试张开食指。食指代表兄弟姐妹——成功。他们有一天也会成家立业离我们而去。

合上食指，试张开小拇指——成功。小拇指代表子女。子女总会在某天羽翼丰满飞到更适合他们成长的地方去。

试着张开无名指，大家会发现无名指怎么也张不开——无名指代表夫妻。这也许就是为什么结婚戒指被戴在这个手指上的原因。

真正能和你厮守终生的唯有你的爱人。

做完这个游戏，我不禁想起了发生在美国的一所大学的故事：

教授让一名女生写下20个她认为对她重要的人的名字。接着教授请她画掉她认为最不重要的人的名字。她画掉了她邻居的名字。教授又让她画掉一个，她画掉了她同事的名字……

最后黑板上只剩下3个名字——她的父母、丈夫和孩子的名字。教授再次让她画掉一个。

此时教室里非常安静，每个人都在静静地看着她。女生迟疑着，手里的粉笔抬起又落下……终于，她颤抖地画掉了父母的名字。

“请再画掉一个。”教授平静的声音响起，在这间教室里显得特别刺耳而冷酷无情。

女生浑身发抖——她画掉了她孩子的名字。她转过身时全体同学都看见了她脸上挂着的泪珠。

教授平静地问她：“父母生养了你，孩子是你自己生的，他们才是和你有血缘关系的最难割舍的人啊。丈夫却可以重新再找，你为什么认为丈夫是你最难割舍的人呢？”

大家都看着那位女生，看她怎么回答。

“父母终究会随着时间的流逝而先我而去，孩子长大后会离开我建立自己的家庭，真正能与自己厮守一生的，只有丈夫。”

不要再因为他不爱洗碗而和他大吵，也不要因为她把脏衣服堆了一周还未洗而抱怨不断。因为，在这个世界上真正能和你相守一生的，只有你的爱人。

一百八十九个未接电话

深夜被床头的手机铃声吵醒，节奏明快的乐曲在此时此刻却显得刺耳。我下意识地抓起手机。是文友青。

“什么事？”我有些惊慌地问青。人顿时清醒了，深夜打来电话多半不是好事，一个星期前的夜里，我接到过一个电话。一个朋友烂醉在自己的车里，警察强迫他停车并通知我把他接回去。

三个月前的一个夜晚，我在敲着糊口的文字，手机响了，电话那边的人告诉我：“你的姥姥走了……”

所以我害怕深夜里的电话。那些电话总让人心惊，担心传来什么不祥的消息。

青嘻嘻一笑：“不要担心，没什么大事。帮一家杂志社做个调查而已。”

心中的那根弦立即松弛下来，庆幸没什么坏消息，仍有愠色地说：“你这个丫头，深更半夜打什么电话，有什么事明天不能说吗？”

青说：“别管那么多，就现在。告诉我晚上你为什么不关机？你是在等雯的电话吧？”我可以想象出青那诡异的笑容。她说：“讲讲你们之间的故事吧。”

“那一次我到江苏，抵达南京刚拨通电话说了声‘老婆’，手机就因没电而自动关机了。可是又忘记了带充电器。我想关就关吧，反正明天一早就得赶回去。

“办完事后返回单位，领导没问事情办得怎么样，第一句问话却是‘你的手机怎么一直关着？这回你完了！你老婆打了十几次电话问你回没回来，赶快回家报个到吧！’

“当我打开门时雯正一脸焦虑地按着电话。见我过来，立刻扑到我的怀里，眼泪唰唰地滴个不停。她边哭边狠狠地捶打我的胸脯，一个劲儿地问：‘你怎么关机啊！你怎么关机啊……’

“我想到底是个女人，不就一天没见，至于嘛！但当我打开我的手机时，短信响个不停。一看全是短信提示：尊敬的客户您好，山东临沂的 137×××××××× 在 × 时到 × 时播打过您的手机，请及时联系。用家里电话打的加上雯的手机打的总共是 189 次。也就是说在我抵达南京时打的那个中途断掉的电话之后，雯每隔几分钟就打我的电话。直到我见到她，她打的那个电话仍是给我的……”

故事讲完了，青那头长久地沉默。

青说，这次她分性别调查不同年龄段的人夜里手机是否关机以及不关机的原因，就是要验证一个结论。

我对青的这个调查很感兴趣，请她把最终的结果告诉我。

几天后，青告诉我结果：关机与否跟性别无关。未婚人士总是爱关机，他们的理由是夜里属于私人时间，不想让别人打扰；而已婚人士却大多没有关机的习惯，他们随时准备被深夜里的电话叫醒。

不关机，更多的是出于爱和责任。深夜里拨打你手机的那个人，一定有不得不打扰你并想尽早告诉你的事情，虽然这些事往往令你不高兴甚至带有不祥的色彩，扰乱了你的清梦，但爱和责任却要求他们坚持这样做，去等待一个或有或无、期望没有发生的事，但又得惴惴不安地等待下去……

今晚，你的手机关机吗?

意料之外的求职

人口大爆炸的年代里像我这样的大学生一抓一大把，就业压力自然大。毕业后工作找了很久也没有找到合适的。太差的不想干，好的人家又不要咱。既然就业机会自己不能创造，就只好等了。

没想到还真等来了。有一个集团公司要招收两名高级文案策划。待遇福利极好，我们这群“毕业就失业”的人自然不肯放过这次机会。

约三五个好友到那家公司面试，到了以后吓了一跳，公司仅招收两名文案策划，报名的竟然有一百多。虽然大学里发表了几十篇文章，但在那群大学本科、甚至研究生的人群中，我们几个专科生显得那么渺小，那么微不足道。

我想选中我的概率和天上掉块陨石正好落在我头上的概率差不多，以至轮到我面试时，我一副“得之我幸，不得我命”的姿态，很自然大方地坐在八个人组成的主考团面前。

待我坐定后，中间一位主管模样的中年妇女问了第一个问题：“你为什么选择我们公司？”

我想反正应聘成功的可能性不大，就随便谈吧！

“因为我要吃饭！”我望着那位主考官不卑不亢地说。

显然我的回答超出了他们的意料，他们都愣了片刻，并扭头互换了下眼神。

然后又问："难道除了来我们公司，你就吃不上饭了吗？"

我说："我想的不仅仅是吃上饭，而且要吃饱饭，吃好饭！"

在他们简单地询问了我的基本情况后，我递上自己的简历和发表的文章原件让他们过目，并说："如果有必要，我可以把这些材料都留下来。对于你们来说这些材料可能不重要，但对于我却有一定的意义，所以请不要把它们弄丢了。"

对这份工作我基本不抱希望。

两天后，我接到一个陌生的电话。一看是座机，就把它给关了，并回了过去。

我的手机资费有这样一个缺点，接移动的不花钱，但接联通、座机或小灵通都得花钱，而且接和打的收费一样，所以自从我使了这个号后，就养成了一种习惯：如果我接的电话双方都得花钱的话，我就都给回过去。

电话打过去，竟然是那家集团公司对方让我明天早上九点去复试。这个结果大大出乎我的意料……

所谓的复试极为简单，女主管和我谈了半个小时后，让我下周一去上班。

在这么多的应聘者中，公司录用了我这个学历低的大专生。这让许多人大为恼火。甚至很多人认为我是因为在这个公司有关系才谋到这么好的职位。

上班的第一天，女主管问我："你的学历不高，能力也不是最突出的，你知道我们为什么从应聘者中选中你吗？"

我没有正面回答，而是问："为什么？"

她的解释是这样的："第一，文案策划需要有创造性思维。

面试那天，大多数人都有些怯场，只有你自然大方地说出了那句惊世骇俗不落窠臼的原因。而且围绕‘吃饭’这一话题，你深入地展开三种不同的境界，颇有新意。

“第二，你留下材料，又提醒不要把它们弄丢了，证明你尊重自己的劳动成果，只有尊重自己的人才可能得到别人的尊重。

“第三，给你打电话通知复试的时候，你却挂断电话又打过来。我猜测你刚毕业，发短信比较多而接座机得花钱，你不接却又打回去节省了对方的电话费，由此可见，你是一个心地善良，能为别人着想的人。

“虽然你目前专业素质并不高，但我想一个具有创造性思维、能为别人着想而又懂得尊重自我价值的人，他的前途一定是一片光明的……”

真是意外之喜，原本并不出色的我竟在高手如云的求职中成功！我想告诉大家的是，任何时候，在结果还没有出来之前，不要丧失信心，因为机遇往往是留给那些能坚持到底的人的。

为书消得人憔悴

王国维谓古今成大事业、大学问者都得经历三种境界。第一种境界“昨夜西风凋碧树，独上高楼，望尽天涯路”；第二种境界“衣带渐宽终不悔，为伊消得人憔悴”；第三种境界“众里寻他千百度，蓦然回首，那人却在灯火阑珊处”。

做学问如此，读书亦然。

黄卷青灯，孑然一身，徜徉于书海，你可沉浸于“采菊东篱下，悠然见南山”的闲适，也可迷惘于“泪眼问花花不语，乱红飞过秋千去”的惆怅；还可无奈于“风萧萧兮易水寒，壮士一去兮不复返”的悲壮……

古人云：书中自有黄金屋，书中自有千钟粟，书中自有颜如玉。说这种话、有这种想法的人，已经通过书本看透缤纷的大千世界，懂得了通过读书可以达到许多目的。但这样的读书往往带有浓重的功利主义色彩，读书的乐趣也就锐减了。因此仅仅凭兴趣，不带功利心地读书才谈得上是真正意义上的读书。

有个嗜好，就是爱上旧书摊“淘书”。一来现在的书贵得令人咂舌，非我等勉强温饱尚在畅想小康生活的人所能接受。二来好书少有人买，很多给扔到地摊上了。书摊上的书充分体现了市井的随便。书被堆在地摊上，谁想看就看，看完随便扔在书堆里也无妨，便宜呀，谁会在意？通俗小说之类的书一定很破旧，因为它们不知早被多少人看过了。而许多纯文学的东西则很少有人翻。书摊虽小，但有时偶尔也会淘到不少好书。我就曾在地摊上淘到了清版的《诗经》《孟子》和民国时出版的《老残游记》《随园诗话》。除前两本线装书有些残损外，其他书品相都很好，没有人翻过，上面仍可见殷红斑驳的收藏印鉴。印刻得古朴、纯熟，颇具功力。或许这本书的原主人是在贫困无奈下才卖了它，或许在他死后，他的子孙觉得留这些书没用，便随处丢弃……其中沧桑，只有这些书自己知道！另外还淘到了李渔的《闲情偶寄》，洪迈的《容斋随笔》，梁遇春的《春醪集》……

旧书因其残缺或经过时间的淘汰而决定了它相对便宜的价格。但也有例外，就是那些被人珍藏和具有史料价值，却流落到书商手里、地摊上的书。高中时代有幸在旧书市场见到一本线装手抄书，纸为玉宣纸，白润细腻，毛笔章草书写，小字朱笔批注。章法规整，字字严谨，极具价值，是地摊难见的宝物。一遍遍地翻看，一次次地心跳，但我终不舍得买入。现在想起，仍懊悔不已，可惜机不可失，空留一份遗憾。

有句话叫“书非借不能读”，这是介于穷人和富人之间的人的话。穷人没钱买书，抓到一本就是一本；富人有钱有书，却缺少读书的心境；只有不穷又不富的人，才觉得自己的书有时间细看，别人的书可能再不看就没机会了。一般情况下，我向别人借书，别人不向我借书。并非我不借，而是我的书少有人有兴趣去看。不知这是我的不幸，还是这泱泱大国的古代文学的不幸。有次从书市购得一本打折的《菜根谭》，刚进办公室，便被几个同事抢去，十分钟不到，书便被扔了回来，还被人说落伍。我无言争辩，他们哪知泱泱大国之五千年文化的精髓，他们哪知在推崇现代文明的时候，却忽视了古代文明？

古代文人雅士“宁可食无肉，不可居无竹”，爱书人则“宁可不吃饭，不可没书看”。读书之乐，乐在其中，不足为外人道。为书憔悴，何尝不是一件乐事？

春天，写给海子的诗

怎么也想不到，宽边眼镜后那张真诚的笑脸会和一个叫海子的人联系在一起。那笑是那么自然，那么真切。然而这笑脸之后又是怎样一颗孤独而又悲伤的心?

一提起海子，人们便自然而然地想到他的代表作《面朝大海，春暖花开》。文章开头便说 “从明天起 / 做一个幸福的人 / 喂马，劈柴，周游世界 / 从明天起关心粮食和蔬菜 / 我有一所房子，面朝大海，春暖花开”，在诗里诗人似乎过够了以往那种孤独的生活，想从尘世中获得幸福，过喂马劈柴周游世界的生活，然而这些离现实生活又是那么遥远！海子写明日浪漫的充满田园气息的生活，实则反衬今日生活的单调与孤单，他在真诚地为别人祝福（愿你有一个灿烂的前程 / 愿你有情人终成眷属 / 愿你在尘世中获得幸福），似乎诗人自己也想得到这些幸福，但诗歌的最后道出了作者真正的意图，“我只愿面朝大海，春暖花开”。他还是不愿面对尘世的现实，而是独居一隅，编织着美丽的梦。

孤独和悲伤是海子诗歌的主旋律。如果《面朝大海，春暖花开》不是那么明显，那么“当众人齐集河畔高声歌唱生活 / 我定会孤独返回空无一人的山峦”（《晨雨时光》）则把孤独化为凄美的文字，然而这些文字又能表达他感情的多少呢？他的孤独并非故作深沉和无病呻吟，而是杜鹃之泣血，猿之哀鸣。据他的好友西川回忆，海子不看电视，不听音乐，不会游泳，甚至连自行车也不会骑。夜里他孤独地与诗歌为伴，白天却睡觉。在极度贫困、单调的生活条件下，他凭着出众的才华，奇迹般的创造力，敏锐的直觉和广博的知识，创作了近200万字的文章。在《太阳和野花——给AP》中他写道“去看海子/他可能更加痛苦/他在写一首孤独而绝望的诗歌”，海子以诗歌来挑战孤独，以诗歌来演绎生命。

诗人像一位圣人，把爱留给别人，把孤独留给自己（《为什么你不生活在沙漠上》），但他毕竟不是圣人，过多的孤独和悲伤使他感到绝望，“该得到的尚未得到/该丧失的早已丧失”，这是一个怎样的悲痛者？他对生活那么热爱，而生活回报他了什么？他说 “我要做远方的忠诚的儿子/和物质的短暂情人/和所有以梦为马的诗人一样/我不得不和烈士和小丑走在同一条路上” 。

1989年3月26日，山海关，孤独而又悲伤的海子选择了卧轨自杀！

一个令人心碎的消息！海子想用生命来破解黑暗。他说“我全身的黑暗因太阳每日升起而解除” 。然而，太阳每日升起，诗人内心仍是那么黑暗。或许那太阳并非现实的太阳，而是作者的渴望。

“在春天，野蛮而悲伤的海子/就剩这一个，最后一个/这是一个黑夜的孩子，沉浸于冬天，倾心死亡/不能自拔，热爱着空虚而寒冷的乡村。”诗人是真正了解自己的，在现实的迷惘中，他实在找不到令自己充满信心的东西了。于是用生命验证他的诗歌“我断送了自己的生命，在北方悲伤的黄昏的原野”。

诗人之死，同陈寅恪说的王国维之死原因极为相似：凡一种文化值衰落之时，为此文化所化之人必感苦痛，其表现此文化之程量愈宏，则其所受之苦痛亦愈甚，迨既达极深之度，殆非出于自杀无以求一己之心安而义尽也。（《王观堂先生挽词并序》）曾有人如此说：“自杀恐怕不是弱者的行径，而是强者的行为。自杀的人往往不是厌恶自己了，而是太爱自己了。像屈原、老舍、海明威……他们不愿让尘世的龌龊玷污了自己的心灵，不愿让肮脏的交易毁灭了自己的名声，他们纯洁着这个世界的不洁，透明着这个世界的不明……”

海子之死，大抵也是如此。

在他的最后一首诗《春天，十个海子》中，他痛苦地发出了这样的声音：“春天，十个海子全部复活，在光明的景色中 / 嘲笑这一个野蛮而悲伤的海子 / 你这么长久地沉睡到底是为了什么？”

为了什么或许只有海子知道。但有一点，大家都知道：海子的诗歌永远地流传了下来——不仅仅在春天，它在 1989 年 3 月 26 日以后的所有日子里，在每一个热爱生活的人的心中。